光芒深处的光
西奥多·罗特克诗选
Light Within Light
Selected Poems of Theodore Roethke

[美]西奥多·罗特克 著
杨子 译

雅众文化 出品

目 录

I　**译者序：愤怒的灵魂变成幸福的灵魂**

屋门大敞（1941）

41　屋门大敞

42　死亡断片

43　写给我妹妹

44　预感

45　间歇

46　祈求

47　预兆

48　硬家伙

49　淡季

50　中部大风

51　赞美大草原

52　寒气降临

55　苍鹭

56　蝙蝠

57　没有鸟儿

58　未熄之火

59　"野草万岁"

60　起源

61　大祸临头

62　拍卖

63　寂静

64　去往伍德朗的路上

65　劣等诗人

66　春日感怀

67　沉思前的祈祷

68　视力非凡的寡妇的歌谣

70　掌上明珠

71　挥之不去的忆念

72　账单

73　田园曲

74　夜间旅行

迷失的儿子及其他诗歌（1948）

79　插枝（修订版）

80　储窖

81　兰花

82　狂风

84　温室顶上的孩子

85　老褒曼，老施密特，老施瓦茨

87　我爸爸的华尔兹

88　放还

89　不要论断人

90　夜鸦

91　河流插曲

92　苏醒

- 94　迷失的儿子
- 104　漫长小径
- 110　光的旷野
- 113　火焰的形状

赞颂到底！（1951）

- 121　你敲门，门就为你大开
- 127　我需要，我需要
- 131　让日子醒来！
- 134　众城门哪！请让开！
- 138　感觉！哦，看哪！
- 141　哦，哄我安静，哄我安静吧
- 144　赞颂到底！
- 150　伸展！伸展！
- 154　我高喊，爱！爱！

醒来（1953）

- 161　天神下凡
- 163　献给简的挽歌
- 165　老妇人冬日絮语
- 168　写给约翰·戴维斯爵士的四首诗

说给风听（1958）

- 177　丁基
- 179　奶牛
- 180　蛇
- 182　树懒

183 妇人和熊

（以上选自"写给孩子们的打油诗"）

185 梦
187 所有的土地，全部的空气
190 说给风听
196 我认识一个女人
198 声音
200 她
201 那一位
203 爱用警句的男子
207 纯洁的怒火
209 新生
211 色鬼
213 爱的进程
215 阴郁的家伙
216 悲叹
217 天鹅
219 回忆

（以上选自"情诗"）

221 "闪光的邪恶"
222 哀歌
224 畜牲
225 歌
227 驱魔
229 小东西

231 夏末漫步

233 蛇

234 蛞蝓

　　（以上选自"声音和造物"）

236 垂死之人

242 第一沉思

248 她的形成

254 我能对我的肉身说什么？

　　（以上选自"一位老妇人的沉思"）

我在！羔羊说（1961）

263 鲸鱼

264 牦牛

265 毛驴

266 椅子

267 桃金娘

268 河马

269 羔羊

遥远的旷野（1964）

273 渴望

277 牡蛎河边的沉思

281 通往内心的旅程

285 长河

290 遥远的旷野

296 玫瑰
   （以上为"北美组诗"）

302 姑娘
303 她的话
304 幻象
305 她的无言
306 她的时光
308 歌
309 光也在听
311 快乐的三个
314 他的预兆
316 害羞的男子
318 她的愤怒
   （以上选自"情诗"）

319 深渊
325 挽歌
327 奥托
330 好友们
331 天竺葵
333 暴风雨
336 生灵
338 歌
339 恍惚的人
341 瞬间
   （以上选自"混合组诗"）

342 在一个黑暗的时辰

344 在夜空

346 结局

349 运动

351 虚弱

353 决定

354 精髓

356 我等着

358 树,鸟

360 修复

362 正确的事情

364 再一次,跳起圆舞

(以上选自"组诗,有时是玄学的")

生前未结集诗作(1964)

367 水疗时的冥想

368 怪胎

371 蠢亚当

374 不毛之地

375 萨吉诺之歌

379 二重唱

381 与林赛共进晚餐

385 **译后记**

译者序

愤怒的灵魂变成幸福的灵魂[1]

1963年8月1日,美国诗人西奥多·罗特克在西雅图皮吉特湾对面班布里奇岛上普伦蒂斯与弗吉尼亚·布勒德尔庄园朋友家泳池游泳时死于心肌梗塞。据他的中学同学和传记作者阿兰·西格描述,他将一瓶薄荷朱利酒放进冰箱,然后去扎猛子。女主人再次看到他时,他已经脸朝下浮在泳池水面上。布勒德尔家族将泳池填土,改建为禅宗风格的岩石庭院,纪念这位去世时已在全美和欧洲赢得极高声誉的诗人。

有批评家认为,如果晚死十年,罗特克有可能问鼎诺贝尔文学奖。兰塞姆、拉尔夫·J.密尔斯[2]等诗人、批评家将他放在与史蒂文斯、威廉斯和肯明斯并驾齐驱的位置。也有论者认为,他是二十世纪中期诗坛三领袖之一,与理查德·威尔伯和罗伯特·洛威尔比肩而立。

---

[1] 本文标题引自罗特克长诗《通往内心的旅程》。
[2] 拉尔夫·J.密尔斯(Ralph J. Mills Jr.),学者、批评家,《西奥多·罗特克书信选》(华盛顿大学出版社,1968)编者,著有《当代美国诗歌》(兰登书屋,1965)。

罗特克比威尔伯大十三岁，比洛威尔大九岁，成名却比他们晚得多，可以说他终生都在为获得承认而奋斗，否则他不会辛酸地自嘲——"我是全美国最老的年轻诗人"。

《华尔街日报》在讣告中引用了诗人的自我陈述："我把自己看作一个爱的诗人，一个赞颂的诗人，我希望人们大声朗诵我的诗篇。"

罗特克是二十世纪六十年代美国重要诗歌流派"深度意象主义"和"自白派"的先驱。"深度意象主义"代表性诗人之一詹姆斯·赖特是他的学生，"自白派"明星西尔维娅·普拉斯和她丈夫、英国著名诗人特德·休斯公开承认受到他的影响。美国二十世纪后期重要诗人 W. S. 默温、查尔斯·西密克和马克·斯特兰德同样深受他的影响。而"深度意象主义"另一位代表性诗人罗伯特·勃莱的那句话——"我最终理解到诗是一种舞蹈"，听上去完全是罗特克诗歌精神的翻版。

批评他缺乏独创性的也不乏其人。有人认为"叶芝对他的影响也许是最大的。……他个人的声音从未消失过，但是他从别人那里学来的风格声音可能会更大，也更能分散人们的注意力"。有人提醒读者在阅读他的名作《一位老妇人的沉思》时应比照叶芝的"疯简诗篇"和史蒂文斯的《星期天的早晨》。

1998年，诗人罗伯特·哈斯访问密歇根大学时，回想他所知道的"密歇根风光，它的自然史和文化史"，"立刻想起两个源头——海明威的密歇根故事和罗特克的诗歌"，盛赞罗特克是"我们伟大的自然诗人之一，二十世纪最早思考自然，思考自然与人类心理关系的诗人之一"。

2005年，诗人爱德华·赫什在由他编辑、非营利出版机构"美国图书馆"推出的新版《罗特克诗选》（列入"美国诗人项目"丛书）前言中说，罗特克是"惠特曼和爱默生的值得敬重的继承人，我们具有典范意义的哲学家……二十世纪中期一位自觉继承叶芝、史蒂文斯和克兰的浪漫主义传统并将其发扬光大的诗人"。

1908年5月25日，西奥多·许布纳·罗特克（Theodore Huebner Roethke）出生于美国密歇根州萨吉诺一个德裔移民家庭。父亲是奥托·罗特克，母亲是海伦·许布纳。

三十六年前，罗特克的祖父威廉带着妻子和五个孩子从东普鲁士来到萨吉诺，成立Wm.罗特克花卉公司，建造了一座25英亩[1]的温室，公司广告语是"密歇根最大最完美花卉企业"。罗特克家的温室有自己的冰窖，还有一小片禁猎区。

来美国前威廉在东普鲁士，是德意志帝国首相俾斯麦姐姐家的护林官，似乎一度也做过俾斯麦家的护林官。罗特克的外祖母掌管过俾斯麦家酒窖的钥匙。

罗特克在去世前一年给拉尔夫·J.密尔斯的一封信中提到，祖父因为他的和平主义思想挨了俾斯麦的骂，全家实际上是被逐出德国的。

一开始威廉的五个孩子都为温室工作，利益共享。威廉去世后，温室归奥托和查尔斯所有，小儿子奥托成为总管，奥托的哥哥查尔斯负责财务。

1　1英亩约等于6亩。

罗特克从小跟着父亲干活——在温室里("我曾整夜待在那儿",引自《迷失的儿子》)给苗床除草,在自家土地上的原始森林里捡苔藓,在家族养护的禁猎区漫游,"那是一片采伐迹地上的次生林"。他在1953年7月30日的BBC节目中说,"我同时活在几个世界,我感到那儿属于我。最心爱的地方是禁猎区角落的一块沼泽地,苍鹭总是在那儿筑巢。"

在1962年3月23日写给拉尔夫·J.密尔斯的信中,罗特克回忆说,"那时我还是孩子,我听到欧洲人、荷兰人和比利时人不停地说,这是全美国最美的温室。我父亲成为种植玫瑰和兰花的专家。很多品种从不出售。"

小时候罗特克体弱多病,对事物有敏锐的感觉。多年以后,他在《公开信》一文中提到,这座大温室"是我全部生命的象征、一个子宫、一座人间天堂"。这个植物、花卉和虫子的王国和温室附近的大片旷野,成为他第二部诗集《迷失的儿子及其他诗歌》和第三部诗集《赞颂到底!》的核心意象。

1922年,一连串悲剧降临到这个家庭:父亲和伯父冲突升级,最后不得不将温室卖掉。

查尔斯和奥托一开始五五分账,后来查尔斯提出他要拿利润的54%,被奥托拒绝。

1923年1月25日,查尔斯开枪自杀。4月29日,奥托因癌症去世。阿兰·西格说,表面上少年罗特克没有过度悲伤,但父亲葬礼那天晚上,在家里,他到父亲座位上就座,从此一直坐在那儿。现在他是家庭的顶梁柱了。

父亲之死和痛失温室对他产生了刻骨铭心的影响。有着普鲁士人严苛作风的家长奥托事事要求完美,儿子达不到要求就会受鄙视。这种来自父亲的威权对于罗特克幼小的心灵无疑是一种压迫,是罗特克性格孤僻、离群索居的重要原因。对父亲,罗特克既感到惊悚畏惧,又怀着崇拜和温暖的爱。没有这份温暖的爱,他不可能将那座温室称为人间天堂。这种既怕又爱的复杂感情将一次次出现在他的作品中。

    我爸从来不用手杖,
    他用手抽我;
    他是彻头彻尾的普鲁士人
    知道如何发号施令
    他在我们家大温室里走来走去,
    每天我都跟在他身后一路小跑。
                     ——《萨吉诺之歌》

    ……很多年他住在
    盆栽棚顶层,从不跟人摆架子。
    我想念他,想念他的伙计们,
    他们像亲戚像邻居,与他亲密无间。
    ……
    当鲜花生长怒放,它们扩展了他的生命。
    ……
    哈蒂·赖特的安哥拉猫也死了,
    我父亲拎着猫尾巴拿给她。
    他爱这些既是圣人又是野家伙的小东西,
        (有几只不是纯种,长得没了形;)

而印第安人爱他,波兰穷人也爱他。

……

我总是站在床上,一个失眠的孩子
守候父亲的世界醒来。——
哦,遥远的世界!哦,我失去的世界!

——《奥托》

在阿瑟·希尔高中读书期间,罗特克的一篇有关"少年红十字"的演讲被翻译成 26 种语言。他给校报撰稿,学习成绩也很好。但好成绩在同龄人眼里意味着自绝于群体。为了让大家接纳自己,他加入了一个名为 Beta Phi Sigma 的非法兄弟会,偷喝私下售卖的威士忌。

高中毕业后,他在一家腌菜厂打了一个夏天的工。1925 年 9 月,他遵从母亲意愿进了位于安阿伯的密歇根大学,报的是文学—法律班。入学后他加入 CHI PHI 兄弟会,成了高年级学生的小跟班,受尽欺凌。他们让他戴小圆帽,然后说他戴的是便壶。他从违法的酗酒中得到快乐,为自己学到新的派头,尤其是言辞粗鲁的恶棍派头感到某种替代性慰藉。

一年级时教他修辞学的卡尔顿·威尔斯教授告诉阿兰·西格,那时罗特克是一名缺乏自信、怏怏不乐、对什么都提不起兴致的学生,没朋友,不参加班里的讨论。

少有的快乐是网球。1927 年他获得校内单打亚军,大四那年和队友打进双打冠军赛半决赛。但他真正的兴趣是成为一名诗人。

1929 年 6 月,他以优异成绩在密歇根大学毕业。

家里希望他将来做一名律师。尽管注册的是文学—法律班，但他根本没上法律课。1929年秋他进密歇根法律学校读了一学期，上了一门刑法课，成绩是D。1930年2月从法律学校退学。

1930年秋入哈佛大学研究生院，在罗伯特·希利尔和I. A. 理查兹门下学习。希利尔本人也是诗人，欣赏他的诗歌，鼓励他向杂志投稿，跟他说"不肯发表这些作品的编辑一定是傻瓜"。

不幸的是，大萧条给他的家庭造成极大压力，他不得不退学找工作，向几所大学申请职位，最后被拉斐特——宾西法尼亚州一所很小的长老会学院录取。

拉斐特学院教书期间，他在《诗歌》《新共和》和《星期六评论》上发表了19首诗歌，创作了第一部诗集《屋门大敞》中的部分作品，与诗人露易丝·博根和斯坦利·库尼兹成为很好的朋友。他与博根有过一段吵吵闹闹的恋情，这份恋情后来演变为持续终生的恋慕。

1935年底他在位于兰辛的密歇根州立大学短期执教。这一年的11月11日夜里，令他后半生饱受创痛的躁郁症初次发作，详情无人知晓。后来他跟人说散步时有过"神秘体验"。回到校园，他在同事办公室里大吵大闹，人们不得不为他叫了救护车。妹妹琼和两位朋友安排他住进安阿伯默西伍德私立疗养院，在那儿治疗两个月，其间他在密歇根州立大学的职位被人取代。

恶疾缠身，但没有绝望。他发现某种程度上这种疾病有利于写作，可以让他探索截然不同的精神状态。

1936年至1943年，前后七年，他在宾夕法尼亚州立大学执教。宾大期间，他在《诗歌》《新共和》《星期六评论》和《斯瓦尼评论》等杂志发表作品。

1941年，他出版了自己的第一部诗集《屋门大敞》，赢得包括奥登在内多位诗人的好评。

1943年春，罗特克前往佛蒙特州本宁顿学院执教。

1945年底，躁郁症再次发作，不得不接受隔离治疗。与默西伍德的温和治疗不同，这次是令他惊恐的休克疗法。

1946年，也许受到密歇根大学在《新密歇根诗歌》上发表他十首诗这件事的鼓舞，罗特克第四次申请密歇根大学教职。英语系主任路易斯·布雷沃尔德知道他进过默西伍德疗养院，没接受他的申请。幸亏这时得到一笔古根海姆研究基金，让他能够在康复期间继续诗歌创作。

没过多久，本宁顿学院的同事写给华盛顿大学英语系主任约瑟夫·哈里森的两封推荐信起了作用，罗特克在华盛顿大学谋得一份稳定的工作。本宁顿学院院长在推荐信中说他是"一个极端的混合体，一个喜怒无常、行为略怪的人"，"如果华盛顿大学能容忍他古怪的性格，就能得到一个最棒的教师"。

詹姆斯·克尼斯利在罗特克班上读过半年，对他在教学上的惊人投入铭记于心。"他的热情不单单倾注在写作上，也同样倾注在教学上。他似乎是将自己倾倒出来，与学生分享他的技巧，所以他的课堂上常常有一种感触得到，甚至能够看得到的能量。"

关于他诗歌写作教学的重要性，应有学者以专文甚至专著论述，这里只需提一下他在华盛顿大学几位学生的名字，就可知道这位导师是怎样功德无量——卡洛琳·凯泽、大卫·瓦格纳、詹姆斯·赖特、理查德·雨果，后来他们都成为美国诗坛重要人物。与这些幸运的学生形成鲜明对照的是，罗特克一辈子将自己视为一个初学者、一个"永远的新手"，因为在写作生涯初期，他没遇到对他的写作产生决定性影响的导师。

1950年，罗特克在纽约与威尔士诗人狄兰·托马斯结交。据说罗特克曾向系主任推荐狄兰·托马斯，被系主任拒绝。

狄兰·托马斯是罗特克生命后期非常重要的朋友。在纽约，他们一起喝酒，谈诗，一起跟跟跄跄穿过城区去看老马克斯兄弟的电影，一起逛书店，看橱窗。在罗特克眼里，狄兰·托马斯是那种"喝自己的血、吸自己的髓以抓住某种素材"的诗人。

卡洛琳·凯泽在罗特克文集《论诗与技巧》的前言中说，罗特克后期生活中有两件大事（除了躁郁症），第一件是狄兰·托马斯的死。"这件事给了他极大的震动，使得他反复想到痛改前非。结果是，他认真地试图戒酒……"。

狄兰·托马斯和罗特克都有狂饮的恶名。狄兰·托马斯死后，罗特克在怀念文章里为他正名，说只见过他喝香槟、黑啤酒和淡啤酒。罗特克死后，卡洛琳·凯泽也为他做了适度辩护，"我见过泰德（家人和朋友对罗特克的昵称。本文作者注）喝很多酒，但难得喝醉。他的客人往往比他喝得多。"

第二件是他与贝雅特丽齐·希斯·奥康奈尔（Beatrice Heath O'Connell）的爱情。"这使他的生活安定下来，最终诞生了自叶芝以来最伟大的情诗"。

1952年12月，在纽约举办诗歌朗诵会时，罗特克与从前的学生、"黑发姑娘"贝雅特丽齐邂逅。本宁顿学院期间，贝雅特丽齐做过他两年半的学生。

卡洛琳·凯泽说"贝雅特丽齐是个大美人"，"那么会打扮，那么安静，罕见的俊妞！所有男人都惦记！"。

贝雅特丽齐晚年从她定居的英国东苏塞克斯回萨吉诺探访，回忆了她与罗特克的偶遇和热恋，"我正要过马路，发现泰德就在我身边。"罗特克要了她的电话号码。很快他们开始每天相互探访。"有人带信给我，警告我，说我要嫁的是个不时要进医院的老病号，但我已经陷入情网，甚至在重逢前我就爱着他。我想他也一样，尽管我从来无法确定。"

1953年1月3日，罗特克与贝雅特丽齐结婚，W. H. 奥登和露易丝·博根分任男女傧相。

他们去欧洲度蜜月。在意大利，他们住在奥登位于伊斯基亚福里奥的私宅里。"奥登将他的房子作为新婚大礼给我们（度蜜月），让我们在那儿从冬天住到春天。"他写信告诉朋友。

这位新郎是作为美国诗坛新宠抵达欧洲的，当地媒体称他为"美国最好的诗人"，狄兰·托马斯和伊迪斯·西特维尔说他是"美国最好的年轻诗人"，奥登同样对他不吝溢美之词。

1954年，诗集《醒来》为罗特克赢得他的第一个重要奖项——普利策诗歌奖。这一年获得美国国家图书奖的是康拉德·艾肯，获得波林根奖的是W. H. 奥登。

他在西雅图度过了生命的最后岁月（其间有过两次严重的旧病复发），教书，写下死后问世的《遥远的旷野》，不停地出门接受奖项、朗诵诗歌，直到在泳池猝然离世。

早在1952年的一封信中，罗特克提到他的很多作品已经翻译成法语［译者伯纳德·西特罗昂（Bernard Citroen）］、意大利语［译者亨利·弗斯特（Henry Furst）］和其他语种。《罗特克书信选》倒数第三封信的日期是1963年3月29日，写给他的波兰语译者卢德米拉·马里扬斯卡（Ludmila Marjanska）。信中说，他从可靠渠道得到消息，他的作品正被人私下译成波兰语。还提到他的一部书名为"舞吧，舞吧，舞吧"的全新诗集会先在爱尔兰出版，然后在英国和意大利问世。罗特克去世后，这部诗集以"遥远的旷野"为书名，1964年在美国出版，1965年在英国出版。

1941年，罗特克耗时十年完成的第一部诗集《屋门大敞》出版，受到《纽约客》《星期六评论》《肯庸评论》《大西洋月刊》等杂志和诗人W. H. 奥登、露易丝·博根、伊沃尔·温特斯的好评。爱德华·赫什说，"非常醒目的是它简洁的抒情性，丰富的技术手段，还有机智的新玄学风格。这位刻苦创作、非常敏感的年轻诗人受到T. S. 艾略特有关玄学派诗歌重要论文的指引，同时受到，乃至过于受到约翰·邓恩、乔治·赫伯特和亨利·沃恩的影响"。

对罗特克早期诗歌有影响的诗人还有威廉·布莱克、莱昂尼·亚当斯、露易丝·博根、艾米莉·狄金森、罗尔夫·汉弗莱斯[1]、斯坦利·库尼兹，以及埃莉诺·怀利。在这份影响

---

1 罗尔夫·汉弗莱斯（Rolfe Humphries, 1894—1969），诗人、批评家、翻译家。露易丝·博根和埃德蒙·威尔逊的朋友，西奥多·罗特克的导师。著有《欧罗巴及其他诗歌和十四行诗》（1929）、《绿地上的绿色保护层》（1956）等六部诗集。翻译了维吉尔、奥维德、卢克莱修和洛尔迦的作品。

力名单上，威廉·布莱克或许该占首位，无论形式还是观念，布莱克都是罗特克的重要导师——后者对于儿童诗、自由诗长句和格言风格的偏爱，可能主要源自布莱克。

有人对这部诗集热衷于抽象提出批评，而抽象这个词"对那些追随庞德和艾略特并以他们为标准来进行判断的诗人和评论家来说就是脏字的同义语"。这种指责既不公允也不准确。就连《屋门大敞》这首让当时的读者觉得接受起来困难的诗，也不能说是严格意义上的抽象诗。按照罗特克的排列，这是他的第一首诗，是他诗人生涯的"前言"和"自我宣告"，可以说，这首诗直觉地、预言般地承担了这一角色——从标题到"我的隐秘大喊"，到"我赤裸得一丝不挂，/以赤裸为盾牌"，都是重要的自我揭示和对于他本人心灵肖像的精准刻画："屋门大敞"在英文里有开门迎客、好客的意思，这恰好反映了罗特克一方面渴望远离俗世潜入内心，一方面又为自我封闭而焦灼的心态。这不是大学教师的造作，而是一种与疾病共存的真实的心理境况，所以他才会在这部诗集的另一首诗里祈祷——"哦，上帝，将我从所有向内/的活动中放出来"（《沉思前的祈祷》）。对他来说，对任何诗人来说，无止尽的向内既是解放，也是囚禁。

对于自然的热爱与崇拜是罗特克诗歌的一大特色，也是他被称为浪漫派诗人的主要原因，这一点在这部诗集里已经有许多呈现——《间歇》《淡季》《中部大风》《赞美大草原》《寒气降临》《苍鹭》《未熄之火》《田园曲》都是他亲近可触摸的有形之自然的凭证，《夜间旅行》这首可以视为他后期诗歌中最重要的颂歌系列——赞颂美国风光，将其提升至精神高度——的开端，不仅仅是对于细节的全神贯注的凝视，更有俯身于这风光,全身心融入其中的宗教般的激情——

> 我们冲进那把双层玻璃
> 敲得啪啪响的大雨。
> 车轮震动路基上的石子,
> 活塞猛拉,狠推,
> 我到半夜都没入睡
> 为了凝望我深爱的土地。

值得注意的还有他的神秘主义倾向,也在这部处女作中露出端倪,这一点在《预兆》和《蝙蝠》两首诗中展示得非常清楚。

《屋门大敌》中亦有少量关注社会的诗歌,比如《视力非凡的寡妇的歌谣》和《掌上明珠》。

> "我看见一千万扇窗户,我看见一万条大街,
> 我看见贸易创造非凡的功业。
>
> 律师全都狡诈,商人挺着大肚子,
> 他们的妻子礼拜天出门,戴上最时新的帽子。
>
> 孩子们玩警察抓小偷,孩子们耍飞刀,
> 有的成了偷窃的高手,有的沿街乞讨;
>
> ……"
>
> ——《视力非凡的寡妇的歌谣》

总的来说，这是一位既未被时代洪流裹挟也无视占压倒优势的诗歌美学的诗人。当时正值第二次世界大战，他的诗歌完全不为所动，所以罗森塔尔才会将他归入"自白派"的行列——"我们还没有（与他）相似名望的现代美国诗人像他那样地不关心时代，他很少直接涉及或依稀涉及对时代惊人的体验——除了再现他勇于说出的受损的心灵"。

1948年3月，《迷失的儿子及其他诗歌》出版，这是罗特克诗歌生涯的转折点。

爱德华·赫什认为罗特克的第二部诗集完成了一次重要飞跃，"毫无疑问，在他的写作生涯中最伟大的时刻是从早期抽象风格的束缚中突围，开始具备他第二部诗集中出现的自由诗的结构。第一部诗集中的自白式承诺——'我的隐秘大喊'和'我的心屋门大敞'，在第二部诗集中兑现了。当他与他密歇根童年时代的沃土发生关联，他找到了自己的核心诗学。敞开的屋宇这一形象被发现、记忆、玻璃围墙、温室世界——他曾经说这是他'全部生命的象征、一个子宫、一座人间天堂'——所替代。"

对父亲的崇拜、热爱和畏惧以及失去父亲和温室这个"人间天堂"的悲痛，是他经久不散的丧失感的源头，躁郁症则与焦虑感和紧迫感互为源头。丧失感、焦虑感和紧迫感，加上露骨的青春期性欲，是他这一时期诗歌最醒目的标识。

有关温室的诗歌在这部诗集中占据了最多篇幅，可以视为诗人以诗歌重建人间天国的一种努力。这些诗歌在技法上已经炉火纯青,足以带领读者重回那个精神王国的现场。同样令人印象深刻的,是这位新浪漫派身上强烈的反浪漫主义色彩。

> 夜里,
> 暗淡的月光无法穿透刷了石灰水的窗玻璃,
> 热度骤降,
> 兰花的麝香味更浓,
> 从长满苔藓的诞生地四处弥漫:
> 这么多贪婪婴儿!
> 柔软的荧光指头,
> 唇瓣非死非活,
> 放荡的幽灵般的大嘴
> 在呼吸。
>
> ——《兰花》

这是未经裁剪和后期处理的温室真面目。这样的目光显然是非浪漫主义的。

斯坦利·库尼兹对这座神奇的温室有过精准的描述,"罗特克的温室世界挤满恶毒的力量,是一片考验圣徒和英雄的土地。一个满是浮渣、霉菌、秽物、鼻涕虫般柔软的茎梗、猥亵地伸出的植物种类的地方;一个潮湿、腥臭、吞噬并且肥沃得可怕的地方。幼枝一直戏水;嫩芽爆发,光滑如鱼。我们突然就置身地下,落入水中,掉进坟墓,返回子宫,陷入无意识的泥潭;像卡利班一样被投入我们动物性的自我,忍受胎儿般的痛苦。"

> 储窖湿如阴沟，植物之叶无法闭合，
> 鳞茎类从箱子里逃出来，黑暗中搜寻裂缝，
> 嫩芽悬挂，萎靡不振，
> 从发霉的板条箱里猥亵地伸出，
> 垂下邪恶的黄色长脖子，像一群热带蛇。
> 臭气熏天的集合！——
> 根部如暗褐色诱饵般成熟，
> 多汁的茎梗异常茂密，挤满地窖，
> 腐殖土，肥料，石灰，堆在滑溜溜的板子上。
>
> ——《储窖》

这样一种邪恶并且散发臭气的景观，对于条件反射地见到植物与花卉就直奔"鸟语花香"而去的读者来说，当然是骇人的。但最后两行神奇地开启了他的"万物有灵"的生命哲学之门——

> 万物皆不放弃生命，
> 纵然是泥土，也在呼吸稀薄的空气。

正是这样一种生命哲学让他在日后的诗篇中将心中的温情和悲悯投向所有有情生灵乃至无情之物，将他的爱推及世间一切事物——《小东西》《蛇》《蛞蝓》《天竺葵》《生灵》……

《迷失的儿子》是这部诗集中最引人注目的作品，是罗特

克诗歌揭示身心创痛、技法上趋于复杂和多声部的开端之作，也正是在这首诗里，集中涌现了日后将一再发出回声的这个多棱镜般的灵魂以及他诗歌技法的多个面向：
——一个失去人间天堂的迷失者的形象

  告诉我：
  我上哪条路；
  我出哪扇门，
  去何处，走向谁？

——对于父母的复杂情感

  太阳反对我，
  月亮拒绝我。
  ……
  雨有父亲吗？所有洞穴里全是冰。这儿只有雪。
  我冷。我冷彻骨髓。父母取笑我。
  我父亲是畏惧，**畏惧老爸**。
  他的目光令石头枯竭。
  ……
   然后蒸汽来了。

   管子砰砰响。

  热气在植物幼芽上急匆匆旋转。

站好！站好！
爸爸来了！

——对于性和手淫的迷恋与羞耻感，以及性欲与死亡之因果关联的执着

胯下之狗
狂吠，嗥叫，
……
野草呜咽，
群蛇流泪，
母兽和欧石南
对我说：去死。
……
所有的窗户燃烧！我的生命剩下什么？
我渴望古老的激情，原始奶水的猛烈冲击！
再见，再见，老石头，时光之序运转，
我让双手与持续的焦虑结为一体，……

——与自然万物的接通

蜗牛啊，蜗牛，在前方给我照明，
鸟儿啊，用温柔的悲鸣送我回家，
虫子啊，理解我。
这是我陷入困厄的时光。

——神秘事物的突出地位

  坐在空荡荡的屋里，
  看阴影在那儿爬，
  在那儿抓。
  一只苍蝇飞过。
  声音，突破寂静。
  说着什么。
  以蜘蛛或扑打
  窗帘的飞蛾的形态现身。
  ……
   披着猫皮
   拱着美洲鳗的脊背，
   长满膘的身子打滚，——
   它就这样触摸。

——对于光明和生机勃勃生命力的渴求和信任

  光在辽阔的旷野上传送；
  持续传送。
  野草不再摇曳。
  心灵穿过晴朗的天空，
  寂静无声，绝非形单影只。

是光吗?

　　是内心的光吗?

　　是光芒深处的光吗?

　　变得活跃的寂静,

　　还是寂静吗?

一种生机勃勃的可理喻的精灵
曾带给你欢乐。
它将再度莅临。
安静。
等吧。

——对于童谣、民间文学和潜意识的大力开掘和意识流手法的实验

　　它像耗子吗?

　　　比耗子大。

　　　比腿小

　　　不止一个鼻子,

　　　就在水下

　　　它像平常一样游着。

软得像老鼠?
会皱鼻子吗?
能踮着脚尖

> 跑到屋里来？

可以说，这首诗是打开罗特克位于灵肉交接处那个神秘世界的一把至为关键的钥匙。

到《迷失的儿子及其他诗歌》，罗特克的写作变得复杂，似乎一下打开一个神秘的宇宙——不是三言两语就能交代清楚的世界，而是"问题比答案还多的王国"。这里有强烈的内心独白的色彩，有朝向无意识深处的挖掘。早期的清晰消失了，取而代之的是一种近乎不知所云的内心的声音。

有人说艾略特《荒原》的每一行都值得引用，但罗特克的诗歌——当它们深陷在无意识的涡流中时，几乎很难独立引用，必须联系上下文，而当我们试图仔细打量这些诗歌时，或许还必须将整首诗歌安排在他本人的上下文中去感受——有些地方太自言自语，太自我，太谵妄，有着强烈的原始思维的味道。他沿着自己疾病的陡坡滑入黑暗的无意识的深水，这时他可以放纵躁郁症患者的那种飞快的自言自语，不是对着人群说话，而是对着自己的多个自我和幽灵说话。

罗特克和他的密友狄兰·托马斯都被认为是弗洛伊德的忠实信徒。人们想当然地以为他们都是左手放着弗洛伊德的大作，右手写自己的诗歌。在罗特克生命的最后一年，有位格贝尔小姐为完成有关罗特克诗歌中"弗洛伊德信徒和基督徒情感之融合"这一主题的硕士论文写信给他，希望他给出他的诗歌受到"弗洛伊德作品或观念之影响的正式说法"。罗特克回信表示爱莫能助，"坦率地说弗洛伊德的书我读得很少。一方面，我的几个爱幻想的朋友在维也纳人那儿做过心理分析，我得说我从他们喋喋不休说起的疗效里撷取了某些观点……另一方面，我早就认识纽约的艾斯勒和伦敦的霍弗这些杰出的心理分析师，他们的大部分谈话至少受到弗洛伊德的影响。但我遇见这些人是在我完成这些你可能认为它们有'弗洛伊德色彩'的诗歌很久以后……我读过一点荣格的《探索灵魂的现代人》，还是那句话，最近才读的。"

露易丝·博根是最了解罗特克的朋友之一，她知道这罕见的着魔绝非病理上的癫狂和技艺上的失控。她认为在《迷失的儿子》这首长诗里，罗特克"一头扎进潜意识的池塘，提取各种湿冷、无定形的材料。他经常使用格言、谚语、咒语和打油诗的语言来构造……《迷失的儿子》是在意识的完全操控下完成的。它的效果像所有受到控制的艺术一样，是在诗人的驾驭之中的……"。

随后的作品走得更远，读者也将在诗人意志的强力中习惯他古怪的表达——那是一种看得见摸得着却不可阐释的古怪。很多时候，读者只好沿着他力量的剧烈弧线被抛射到极度陌生的空间里。

1951年出版的《赞颂到底！》是他最具实验色彩的作品，其中一些作品尽管嵌入了自传碎片，却有着浓烈的梦魇色彩，令人如入迷宫——这些自传性碎片完全不足以成为认知他的路标。

> 小猫用脚
> 咬东西；
> 爸爸妈妈

有更多牙。

坐在摇椅

下边玩耍

直到母牛

全都下了小牛。

这是《你敲门，门就为你大开》第一、二小节，读来犹如谜语。张子清教授在有关罗特克的论述中提到，诗中的"脚"代表阳物，第二节说的是父母的性交和孕育新生命。这里的语感和意识状态完全是一个对成人世界一无所知的懵懂孩子的，而这恰恰是罗特克想要的那种生命的史前状态。

《我需要，我需要》的最初四行同样近乎婴儿的原始意识——

深碟子。盛海鱼。

我吃不到我妈妈。

呼！我熟悉汤匙。

它与我嘴巴搭档。

丹尼尔·霍夫曼认为这一节说的是孩子的断奶。他认为在《众城门哪！请让开！》《哦，哄我安静，哄我安静吧》和《迷失的儿子》等作品中，罗特克"似乎直截了当地处理意识的原型，就像荣格给它们下的定义一样"。

标题诗《赞颂到底！》是罗特克最具难度的作品之一，尽

管读者可以清楚地看到他个人的身影——一个被情欲和羞耻感所困的男子,但这仍是以最清晰的意象抗拒阐释的一种尝试:

> 弓起我的脊背,标志的躯体,我对两头都麻木。
> 轻点儿轻点儿,你会吵醒蛤蜊。
> 我将独自满足鬼魂。
> 父亲,宽恕我的手。

这几行并不复杂,说的是诗人的性欲。他将性欲斥为"鬼魂",想求得父亲的宽恕。手淫在西方曾经是一桩大罪,所以这里的惊恐不难理解。但随后的诗句又拦在读者面前,尤其是下边的三小节,最难解读:

> 每秒百万条指令,坟墓般的恶妇,
> 他的嗜好是咬人,
> 母牛需要照料而那咕咕叫的是谁?——
> 暗中碰脚的调情是最后一次。

> 我至爱的爱人我最美的美人,
> 你爹把猫抛到空中,
> 而你我不在那儿,——
> 暗中碰脚的调情是最后一次。

> 夜枭一样巨大,蛙一样滑溜,

> 鹅一样结实,狗一样骄傲,
> 小母牛一样油光水滑,猪一样有个长身子,——
> 暗中碰脚的调情定会发生,最后一次。

罗特克的诗歌中经常出现幽灵般的无名之物。这个"夜枭一样巨大,蛙一样滑溜,/鹅一样结实,狗一样骄傲,/小母牛一样油光水滑,猪一样有个长身子"的幽灵究竟是什么?它在自我以内,还是自我之外?

尽管有这些障碍,诗中渴望摆脱情欲的泥淖以求灵魂的觉醒与轻盈的意志仍然是清楚的:

> 我浑身每一处都醒着:
> 我已爬出泥沼,警觉得像个圣人,像条狗;
> ……
> 我相信!我相信!——
> 相信沙砾上快乐的麻雀;
> 相信阳光中振翅的冬日黄蜂;
> 我一直活在别处;我记得长着海的面孔的几位伯父。
> 我分明听见另一种热情的歌唱,
> 比钟声轻,
> 比流水柔。

在罗特克写作最晦涩的这个时期,他迷恋的或许并非某些人猜测的精神分析学说。1952年1月他写信给肯尼斯·伯克,回顾了自己的教学生涯,希望教学和写作可以互补。他渴望大量其他领域的阅读以弥补自己的短板,"我已经相当'熟悉'英语诗歌……但在哲学、历史和科学方面有那么多东西我想要探寻……诗歌方面,目前我已经如我所愿拓展了个人神话。我想让过去派上更大的用场。对我来说,这意味着广泛的阅读,尤其是深深地沉浸在柏拉图哲学的传统里;沉浸在斯宾诺莎、康德、布拉德雷和柏格森这样的哲学家身上……我希望用我自己的方式吸收他们。目前——我渴望阅读——而非写作。我想得到哥伦比亚或纽约公共那样的大图书馆的资源。我相信作为一个作家我会呈现出一种完全不同的风格……"。

第二年,完全不同的风格来了。1953年9月出版的《醒来:诗选1933—1953》收录了《屋门大敌》部分作品、《迷失的儿子及其他诗歌》大部分和整本《赞颂到底!》,其中最重要的是新作《写给约翰·戴维斯爵士的四首诗》,而另一首新作《老妇人冬日絮语》无疑是下一部诗集《说给风听》中组诗《一位老妇人的沉思》的前奏。

斯坦利·库尼兹在回忆文章里提到《写给约翰·戴维斯爵士的四首诗》的来历,"……他让我选点东西读给他听。我拿起约翰·戴维斯爵士那首被人忽视的伊丽莎白时代的杰作《管弦乐队》,一首不知为何他从未发现的诗,尽管他在诗歌方面有着广泛的涉猎。我记得他对这清澈音乐的反应是何等强烈。与这首诗的邂逅,加上他对于叶芝诗歌的迷恋——凌驾于一切之上的节奏令他陶醉——使他能够创作出动人的组诗《写给约翰·戴维斯爵士的四首诗》,为他晚期的一整组新作确定了所要采用的音调。"

我需要一个地方歌唱,我需要舞厅,
我已允诺我的耳朵
我将歌唱,啸叫,与熊一同奔跑跳跃。
……
我试着把自己的身影投向月亮,
这时我的血液跳跃,伴着一首无字歌。
……
啊,我对舞蹈着了魔,……
……
欢乐比狗跳得快。管它呢!管它呢!
我回吻她,却唤醒幽灵。
哦多么淫荡的音乐偷偷钻进我们的耳朵!
肉与灵精通寻欢作乐之道
在众神迷失方向的黑暗世界。

——《写给约翰·戴维斯爵士的四首诗》

罗特克在《论"个性"》一文里回忆了这件作品的诞生。

"我深陷于一个诗人特殊的愁苦里:一个略显漫长的枯竭期。那是 1952 年,我 44 岁,我想我完蛋了。那时我一个人住在华盛顿埃德蒙兹一个大房子里。我一读再读——不是叶芝,而是罗利和约翰·戴维斯爵士……

"突然,薄暮时分,那首《舞蹈》从天而降,并且倏地自动结束——大约三十分钟,也许将近一小时,全部完成。我感到,我清楚,我成了。我走来走去,我哭泣;我跪下——在我写出我很清楚是好诗的作品后我总是跪下。但在同一时刻,上帝作证,我真切地意识到一种神灵的存在——仿佛叶芝本人就在那间屋里。一种恐怖的体验,因为它至少持续了半个小时。那间屋子,我再说一遍,充满了一种超自然的存在:那些特殊的墙似乎在闪光。我为欢乐而哭泣。我终于再次成为另一位。他,他们——逝去的诗人——与我融为一体。"

他说这是他最深邃的生命体验之一,不接受别人的任何阐释。

或许,罗特克的"欢乐颂"(前边提到,他对自己的定位是"一个爱的诗人,一个赞颂的诗人")正是始于这首有关宇宙与人之舞蹈以及人之情欲及其升华的颂歌。他多多少少开始清除郁积于心中的罪孽感和对于死亡的畏惧,将美好情欲的放纵看作"灵魂的向外敞露",从不可抑制的向下、向黑暗,扭转为向上、向光明。这一转折之所以重要,是因为它是从一团漆黑和可怕的阴湿中,从他强迫症般地自认为的堕落中,从无休止地向内的精神活动中,从笼罩他全身心的悲观中来,因此更有力量。

伴随这种精神上的转折的,是诗艺的嬗变——他开始告别前两部诗集中的晦涩与拒绝阐释,努力转向清澈与透明。

1957年秋,罗特克出版了包括43首新作的诗集《说给风听》,其中有著名的情诗《我认识一个女人》、纪念叶芝的《垂死之人》和纪念母亲(三年前去世)的《一位老妇人的沉思》。这部诗集获得了1959年两大诗歌奖——波林根诗歌奖和美国国家图书奖(他的密友库尼兹摘取了这一年的普利策诗歌奖),此外还获得了埃德娜·圣·文森特·米莱奖和太平洋西北作家奖。年近五十,罗特克成为当之无愧的重要诗人。

在《说给风听》的第二辑"情诗"里，罗特克将爱情提升至生命核心的位置。贝雅特丽齐或许是反浪漫主义和反讽的二十世纪诗歌中最接近天使的原型之一。毫无疑问，她是诗人抵抗内心黑暗和罪恶感、迈向欢乐和光明的重要驱动力——罗特克对上天这份恩赐的回报是奉献一系列卓越的情诗。

> 她将这旷野变成闪光的海洋；
> 我像孩子一样在火焰和流水中嬉戏，
> 在大海雪白的泡沫上东倒西歪；
> 像一根湿透的原木，我在火焰中歌唱。
> 在那个最后的瞬间，在永恒的边界，
> 我遇见爱情，我进入我自己。
>
> ——《梦》

但他仍然是肉身凡胎，满足的肉体仍然不能与灵魂统一，仍然在冰与火之间摇摆。

> 我们从未逃出肉体。年轻时，谁做到了？
> 一朵火焰自动跳跃：我认识那火焰。
> 某种狂热救了我们。而我是否狂热太久？
> 灵魂知道肉体必然枯萎。
>
> 梦是让人想起她面孔的一个瞬间。
> 她将我从冰变成火，从火变成冰。

> ……
> 我已识破能识破的所有欲望；
> 当我独自陷在声音和烈焰中心
> 我为我像的那个东西哭泣。
>
> ——《爱用警句的男子》

圆满的爱情并未让他完全进入光明世界，很大程度上是由于疾病作祟，也正因为疾病的阴影，他的情诗乃至这部诗集的整体调性，仍有不可清除的黑暗阴郁的一面。或许在他的潜意识里，爱与生死密不可分，爱使他从孱弱变得强壮，与此同时，他越是身陷爱的极乐，越是感觉到死亡的逼近。

《色鬼》在这一辑里非常突兀，罗特克决定收录这首露骨地描写强烈性爱的诗，或许有某种用意——揭示人的难以自拔的动物性。第三辑中的《驱魔》关注的也是强烈致死的情欲。

第四辑《垂死之人》和第五辑《一位老妇人的沉思》显示出诗人在努力跨越生死大限、走向复活这一重要时刻（"此刻"）的摇摆和突破的意志。

在《垂死之人》中，"我"已经意识到，"所有的色欲之爱都是在坟头起舞"，所以"我焚毁肉身"。

> 我调转目光望着
> 别的身影而不是她的
> 此刻，窗户一片模糊。
>
> 在最可怕的我的欲望之夜，

> 我敢怀疑一切,
> 我会把同样的事情再来一遍。
> 谁在打门?
> 他的到来是可期待的。

"别的身影"就是即将到来的"他"?这个"他"是作为"肉"的另一极的"灵",还是他将成为的那个复活的自我?

在复杂的冥想中,这复活的自我有着强烈的梦魇色彩,置身于亡灵的氛围:

> 陷入垂死的光,
> 我想象新生的自我。
> 我的双手变成蹄子。
> 我穿着从未穿过的
> 铅制的衣服。
> ……
> 一个亡魂从无意识的心灵里出来
> 摸索我的窗台:抱怨将来的新生!
> 背后那家伙不是我朋友;
> 搭在我肩上的手变成动物的犄角。

他想起父亲。父亲在垂死之际,同样调转目光,望着别的身影——

> 我眼看父亲光着身子,正在缩小;

> 他转过脸去：那儿另有一人，
> 走在边缘，喋喋不休，无所畏惧。
> 他像一只鸟，在无鸟的天空抖动翅膀，
> 敢用目光盯住任何地方。

他听见群鸟歌唱，这是他诗歌中与舞蹈并置、反复出现的一个意象，象征着生命的欢乐：

> 哦，远方亲切的旷野，我听见你的鸟群，
> 它们歌唱，它们歌唱，……

这首诗的最后部分是对生命意志力的赞颂，是对灵魂出窍般融入宇宙获得新生的神往，是对无边虚空的蔑视——

> ……
> 绝顶的边缘依然令人胆寒；
> 在光的尽头就连想象
> 也无法获胜：他敢活着
> 不再做一只鸟，却依然拍动翅膀
> 对抗广袤无边的虚空。

《一位老妇人的沉思》写的是诗人的母亲告别人世前对于生命的思考，"她踌躇在精神错乱、痛苦与混乱的过程中，最后达到一种微妙的结局，她发现自己和大自然、和即将到来的死亡以及和她自己都达到了和谐一致"（约翰·哈芬登博士）。

这种"和谐一致"恰恰是痛感灵与肉、自我与大自然之撕裂的罗特克本人的最高追求。

有关他的作品笼罩在艾略特和叶芝阴影之下的说法让他感到巨大的压迫。在1959年6月12日写给拉尔夫·J.密尔斯的信里,他任郁积的怒火狂泻,几乎失态——

"早在接触艾略特和叶芝之前我接触的是他们的前辈诗人;实际上,很长一段时间里,这两位我都拒斥……所以'老妇人诗篇'第一首中更松散的诗行里的某种东西貌似与艾略特接近而实际上也许脱胎自惠特曼,技法上他对艾略特影响很大——而艾略特,据我所知,从未承认这一点——哦,他永远故作风雅:只提但丁、法国人、詹姆斯一世时期作家,等等等等……

"……而当叶芝的历史抒情诗似乎压倒我的时候,如果我没在更私人的抒情诗和情诗方面超越他,那我就死定了。所以我说斯诺德格拉斯是该死的耳聋的笨蛋,居然在我那些情诗中看到叶芝:仔细听听四部分组成的《说给风听》中的节奏——难道那是叶芝的调子吗?……

"至于'老妇人诗篇',我是想:第一,创造一个角色,对她来说这样一种节奏是土生土长的;让她能够作为一个戏剧角色而不仅仅是我本人。《四个四重奏》中的那个艾略特是陈腐的,他在精神上是陈腐的,老头子……我的老妇人陈腐吗?见鬼去吧,她是这样的:她不屈不挠,她勇敢,她明白生命……第二,艾略特不仅陈腐,作为神秘主义者他还是骗子……

"W.H.奥登最亲密的朋友之一泰克拉·比安基尼告诉我,

在伊斯基亚海滩上,威斯坦说起他一度担心我和叶芝太像,现在他放心了,因为我已经超越了他(指叶芝。本文作者注),胜过了他,走在了他前边……"

1963年,罗特克完成诗集《遥远的旷野》后猝然离世。贝雅特丽齐承担了整理书稿的工作,库尼兹联络出版事宜。1964年《遥远的旷野》出版,1965年获美国国家图书奖。这一年获普利策诗歌奖的是自白派诗人约翰·贝里曼的《梦歌77首》。

《遥远的旷野》中最耀眼的是由六首长诗构成的《北美组诗》。可以说,这组作品可靠地宣告,罗特克终于在生命最后时刻抵达精神和诗艺的巅峰。爱德华·赫什说,"在忍受了如此多的痛苦之后,罗特克拥抱了一个幸福的精灵,完成了最终的转换,获得了足可安慰的自我承认,生命的安慰……"

他曾将自己归入快乐诗人的行列,"不管这些诗歌里有多少胡言乱语,不管它们多么杂乱无章,多么黑暗,充斥了多少废物,我仍将自己算作快乐诗人中的一员。"现在他终于成为一个大放光明的快乐的诗人。

爱德华·赫什认为,《北美组诗》"有意识地回应了艾略特的《四个四重奏》","他引用《东库克》中的——'老人应该做个探险者?'——然后贡献了一个作为智慧原始派艺术家的美国诗人的意见,'我要做个印第安。/奥格拉拉部?/还是易洛魁部吧。'鉴于艾略特是自中西部向东,走向新英格兰,最终返回英格兰,罗特克反其道而行之,一路向西,自密歇根奔向达科他、落基山脉和靠近太平洋的西北。他将自己置于惠特曼的阴影下,受惠特曼精神统辖,呈献了一份热烈的自由诗的美洲大陆目录。"

在生命的最后阶段，罗特克融入宇宙万物、进入真正的灵魂状态的信念更坚定，所以才会有《渴望》中第二节和第三节的一连七个"我要"——

> 我要在更远处；我要比月亮更遥远，
> ……
> 我要和鱼儿，和变黑的鲑鱼，和发疯的旅鼠，
> 和舞蹈的孩子，和胀大的花朵保持一致。
> ……
> 我要忘掉令人恼火的方言，所有的恶意歪曲和憎恨；
> 我要相信我的痛苦：平静地看着玫瑰生长；
> 我要喜欢我的双手，嗖嗖响的树枝，改变阵形的密集的鸟儿；
> 我渴望仪式中心不朽的宁静；
> 我要做小溪，夏末在巨大的布满条纹的岩石间迂回前进；
> 我要做一片叶子，我会爱所有的叶子，爱这芬芳无序终有一死的生命，
> ……

此刻，他变成另一个生命，或许就是他聚精会神冥想凝望的那个生命。尼采那句谶语——"凝视深渊过久，深渊终将回报以凝视"是他一生最传神的写照，他真的被深渊吸附纠缠了一辈子，但在生命最后时刻，他竟然跨了过去！

我，深渊归来朗声大笑的人，
变成另一个东西；
我的目光延展到比最远浪花更远的地方；
我迷失方向，发现自己在长河里；
又一次我被抱住；
而我紧抱住世界。

——《长河》

不知道《再一次，跳起圆舞》是贝雅特丽齐·库尼兹还是罗特克本人放在了这部诗集的最后，无论是谁的安排，都可以说是最好的安排，在这首十二行的短诗里，罗特克的生命，罗特克的"欢乐颂"升至喜悦的穹顶——

如今我最喜欢我那
与**鸟儿**，与不朽的**树叶**，
与**游鱼**，与搜寻的**蜗牛**，
还有改变一切的**看**相伴的生命；
我与威廉·布莱克共舞
为了热爱，为了**热爱**；

万物归**一**，
当我们舞着，舞着，舞着。

杨子

2020. 7. 24

参考资料：

Theodore Roethke: Selected Poems, ed. Edward Hirsch, New York, The Library of America, 2005

On Poetry and Craft: Selected Prose and Craft of Theodore Roethke, Washington, Copper Canyon Press, 2001

Selected Letters of Theodore Roethke, ed. Ralph J. Mills Jr., Seattle&London, University Of Washington Press, 1968

Stanley Kunitz, *On Theodore Roethke*, Crossroads, Spring 2002

Linda Robinson Walker, *Theodore Roethke: Michigan's poet*, Michigan Today, Summer 2001

张子清《二十世纪美国诗歌史》，吉林教育出版社，1995

（美）丹尼尔·霍夫曼主编《美国当代文学》，中国文艺联合出版公司，1984

（英）贾斯廷·温特尔主编《现代世界文化词典》，江苏人民出版社，1988

郑敏编译《美国当代诗选》，湖南人民出版社，1987

屋门大敞
(1941)

屋门大敞

我的隐秘大喊。
无须巧舌如簧。
我的心屋门大敞,
我的门大开大合。
我的爱是眼睛的
使命,绝无掩饰。

我的真相都可预知,
这自我暴露的痛苦。
我赤裸得一丝不挂,
以赤裸为盾牌。
我把自己穿在身上:
我让灵魂成为多余。

这愤怒会持续,
而行为将用精纯的
语言说出真相。
我让扯谎的嘴闭上:
疯癫将我最清晰的呼喊
扭曲为愚蠢的痛苦。

死亡断片

创造力在头脑里昏睡
不再迅疾闪光,
蜂房的巢室嗡嗡响,
如今被蜜堵住。

他的思想被捆住,曲折前行的
动机之舟停泊在礁石旁;
一个个瞬间挤满了额头
没感觉到一丝震动。

写给我妹妹

哦,我妹妹想起星星眼泪和火车
春天的森林,树叶,芬芳的小巷
想起渐渐弥漫的黑暗,茫茫大雪
光秃秃的旷野和一朵朵洁白的云
细数童年每一项快乐:蔚蓝的天
翅膀的壮丽行列眼睛的幸福珍藏。

坚信眼下种种欢乐拒绝挑挑拣拣
推迟肉体的放纵这选择不可更改
珍爱眼睛珍爱骄傲的惊人的平静
我妹妹勇敢地走着决不屈尊妥协
愿你远离痛苦保持你的恨你的爱。

预感

走在这片旷野我想起
另一个夏天。
很久以前！我紧跟在
父亲身后，
紧跟大步流星的他
一路走到河边。
他把手浸入浅水：
河水从他腕上的
汗毛间流过；
他的形象紧随流水，——
和太阳一起在涟漪中闪光。
等他站起来，他的脸
消失在河水的迷宫中。

间歇

天气已经失控。
狂风扯下嫩叶
抛在地上,一片狼藉。
我们在屋檐下等候第一场雨。

尚未割裂的天空下,光线
一小时一小时变得晦暗,混沌胀大。
我们扩张瞳孔去适应反常的夜,
道路和灰扑扑的旷野依然干燥。

雨水藏在乌云里;密集的黑暗近了;
风一动不动躺在高高的草丛中。
手上的青筋泄露了我们的恐惧。
我们所期待的一直没有到来。

祈求

如果我必须丧失我的**感官**，
上帝啊，我求你，在遗忘
覆盖大脑前，让我自己决定
保留**五种**感官的哪一种。
世世代代我的**舌头**僵死，
我的**鼻子**败坏标致的脸；
由于倾听世间的罪恶
我的**耳朵**让我大伤脑筋。
有人认定**眼睛**
是淫荡的工具，
比放纵情欲的下流的**手**
更偷偷摸摸——**绝非**如此！
它的劫掠很温柔，决不会
比一个暗喻更凶残。
没错，**眼睛**是最神圣的
柏拉图式爱情的煽动者：
嘴唇，胸脯和**大腿**无法拥有
如此非凡的福分。
因此，**上帝啊**，让我存有
如此健康的感官，
拥有**舌头**和**耳朵**——拥有已有的其他感官——
让**光明**伴随我直到死亡降临！

预兆

每当走出一扇门,我总碰到
从未见过的东西,一闪而过。

当熟悉的那些盘旋掠过,
它们箭一般冲出眼角的余光。

比蓝尾巴的褐雨燕飞得更快,
就在闪电裂隙中黑暗紧追黑暗时。

从我几指宽的视线中滑过。
我无法盯住它们。

有时血液被授予特权,去推测
眼与手无法占有的事物。

硬家伙

思想不会碾为石子。
用大锤砸也是枉然。
主干犹存,
真理从未毁灭。

紧紧咬合的齿轮
缓缓转动,通宵达旦,
而真正结实的部分正承受
铁锤重击。

压制无法损毁
如此凝固的中心;
内核一直密闭,
休想凿下一丁点。

淡季

如今光线稀薄;天空广大深邃;
风雨之灾已经痊愈。
收获时节的烟雾在旷野上飘
让清澈的眼睛昏昏欲睡。

花园里蜘蛛织一个丝线的梨
阻止寒冻天伤害它的小家伙。
一条薄纱从橡树上笔直垂下。
黄昏时分,我们微弱的呼吸变得沉重。

消失的鸟儿的喧哗,树木据为己有。
古铜色小麦早已收割,一捆又一捆。
步行者吃力地走在齐脚踝的落叶中;
马利筋的羽毛飘下。

春天的嫩枝已经和年份一同成熟。
花蕾早已绽放,遮住逼仄的小路。
血流得慢了在改变的静脉中如被催眠;
我们始于春天的智慧成熟后转向枯萎。

中部大风

整天,整夜,风在树木中咆哮,
让我以为巨浪来了,有卧室地板那么高;
当我站在窗边,一根榆树枝猛扫我膝盖;
蓝色云杉鞭打,如海浪砸门。

第二天黎明,难以置信:
橡树携带每一片叶子矗立,坚挺得像一口钟。
看着变了的景象,我的眼睛恍然大悟,
耳朵却像贝壳,依然发出大海的轰鸣。

赞美大草原

榆树是我们最高的巅峰;
五英尺陡坡是一道深谷。

人的头颅是阳光照耀的
大麦田上的一块高地。

从外表看,地平线普普通通。
我们的双脚有时与天空齐平,

走在光秃秃的平原,
脚踝被庄稼茬刺伤。

田野展开一行行作物连绵不绝。
我们慢慢走,远近一切了如指掌。

远方亲切如友人。
我们与空间的积怨烟消云散。

寒气降临

1

晚熟的桃子散发淡淡的麝香气味，
烟气弥漫的果园
比黄昏的田野更让人陶醉，
看三叶草就知道风势已经减弱。
走在果园小径上，漫步者
简直无处下脚，草丛里
塞满擦破了皮的烂果子。
果实一半落下，一半挂在树上，
掉下来的洋李猛砸在地上，
走过那个发现灰胡桃
的地方，他们的鼻孔张大了。
风把梨子的香味抖开。
在田野上，这香味是干燥的：
莳萝顶着辛辣的冠；
酸模太花哨，
渗出独有的刺激的气味；
南瓜冒出苦味的油。
但很快冷雨寒霜杀来

把纯洁的香味压进土里；
松垮的藤蔓黎明时披着白霜枯萎，
充足的空气变得稀薄。

2

叶脉躺在地上，
霜的尖嘴撕开树枝，
石楠长出了刺，而旱灾
在田野上留下劫掠的残迹。
季节的碎骸散布各处，
深秋的果子已经腐烂。
所有的阴影都很憔悴，诡异的树枝
风一刮就猛地刺向天空，
阳光不再照耀茂密的树木，
树篱和果树林子稀稀拉拉。
潮湿的树皮烈日下干枯，
最后的收割也已完成。
收成运入谷仓，牲口赶到圈里。
橡树叶奋力，以求自由，
天色转暗，岁华苍老，
蓓蕾在大寒前皱缩。

3

小河在河床里枯死；

紧攥住蜜蜂的花茎倒伏；

老树篱叶子还在；而福禄考，

深秋的花，死了。

至此，夏天全部的青枝绿叶一败涂地：

群山发灰，树木光秃，

枝条上霉菌干透，

田野粗粝，不见草木，岩石

在贫乏的景象中闪着锋利的光。

大地如此荒凉，正午时分

太阳不再为这里镀金；

风在北方集合，吹动

惨淡的云穿过沉重的苍穹，

霜冻寒彻骨髓，很快

风便要刮来刺骨的细雪。

苍鹭

苍鹭站立水中,沼泽在那儿
深陷,变成黑暗的池塘——
或用独腿在麝鼠洞上
耸起的沼地野草中保持平衡。

小丑般做作,他在浅滩漫步。
大脚撕开沙梁,
细眼盯住鲦鱼藏身处。
他的喙比人手迅疾。

他将一只蛙猛地吞进瘦嘴,
沉甸甸的喙指向林子上方。
宽大的羽翼只拍动一次,便腾空而起。
从他原先站立之处,一道涟漪散开了。

蝙蝠

白天蝙蝠是老鼠的表亲。
喜欢一座老房子的楼顶。

他用爪子兜住脑袋当帽子。
脉搏很弱我们以为他死了。

在向着街角路灯的树木中间
疯疯癫癫翻筋斗,折腾半宿。

当他轻轻撞在布告板上,
看到的一幕吓我们一跳:

有点不对劲,出了毛病——
长翅膀的老鼠披了一张人脸!

没有鸟儿

此时,对熟谙声音之神秘
实质的人来说这儿一片寂静。
灵敏可靠的耳朵
紧贴无声的土地。

微风在她头上吹,
青草苍白地摇曳;
但在死者的林中,
没有鸟儿叫醒她。

未熄之火

云朵燃烧,像炉火中取出的煤块,西天
一阵闪光与更猛烈的火焰一同
跃入上空的熊熊大火。
远方的一切陡然明亮,清晰可见。

天空之火死灭;一朵无形之焰
暗淡为阴燃的热病的昏睡;
深藏的余烬,被外壳
窒息,烧成乌黑的一堆。

而晨光轻轻敲打炉盖,
击碎烧剩的硬壳,
拨弄灰烬藏身的碎煤,
直到思想在大脑里遍闪白色火花。

"野草万岁"
——霍普金斯

万岁,淹没我小小
菜地的野草!
逼迫人们辛苦劳作的
令人痛苦的岩石,贫瘠的土地;
一切有罪的生灵都被毒咒摧毁,
丑恶的世界。
这些让神灵不受玷污的
粗糙、邪恶、野性的东西。
我让我渺小的头脑与它们匹配
赢得站立、坐下、期待、爱
创造、饮酒和死的权利:
唯有这些才造出那个是我的人。

起源

这粗犷的伟力,
是从太阳那儿夺得;
河流奔涌的源头
锁入狭窄的骨骼。

头脑里知识太满,
侵犯沉寂的血液;
一粒种子膨胀
善的果实破壳而出。

大脑深处一粒珍珠,
感官的分泌物;
环绕中心的晶粒,
新的含义无限增长。

大祸临头

现在我丧失了自然
远离属于我的一切,
我的源头完全枯竭,
我灵魂的碎片星散。

一切都紊乱,荒废,消失,
存在的微粒皆是假象;
我那异常的天国颠倒了,
我在不祥的天空下走动。

平坦的陆地变成大坑
在那儿我被伤害包围,
心灵必须重整我的头脑
驱散恐惧的幽灵。

拍卖

有一次回家,牛皮哄哄身强体壮,
我发现我至爱的宝贝放在草坪上。
拍卖师正在哄抬价格。
我没跑过去声称哪些东西是我的。

"一件华丽的大衣,也许旧了;
薄纱的小饰物,年轻人用很棒;
有些东西,五花八门,标着'危险'记号,
还有这把体面的椅子,少了一条横档。"

夸张的招徕喋喋不休,交易短暂又兴旺;
出价者陆续成交,一个接着一个。
对一个鲜红盘子心存希望让我害臊。
老邻居彼此碰碰胳膊,兴致勃勃。

每当拍槌落下我都很兴奋,
嗡嗡响的夸大其词让我心跳。
怀着不要家累的意志离家而去
我把乱七八糟的垃圾统统卖掉。

寂静

额头深处嘈杂不休
因为此刻发出重音的
未衰的脉搏正被血液调节。
它降临我的孤独——
铁锤一阵阵敲打
水晶般的感官之墙。
这是弦断之前
刺耳的鸣响,
是大脑里可怕地碾轧
的命运的轮子,
是为了造一个绝配好冲它发怒
而在牢笼中哭喊的幽灵,
骚乱的核心深陷在狂暴
伪装的喧嚣里。

要是我试图解除
千篇一律的悲伤,
直达喉咙的神经的紧张
连个破碎音符也无法释放:
震坏我颅骨的声音
不可能感动人们的耳朵。

去往伍德朗[1]的路上

我没看到擦亮的黄铜,威武的黑马,

弄得巴洛克风格灵车座位吱嘎响的传动器,

堆得高高的上边写了感伤诗句的花制祭品,

散发清漆和走味香料气息的四轮马车。

我没赶上抬棺的庄重地各就其位,

没看到办丧事的一副谄媚的怪相,

伸长的脖颈,哀悼者无个性的面孔,

——还有那眼睛,依然生气勃勃,从低洼处一间屋里仰望。

1　Woodlawn 公墓,罗特克的父亲去世后葬在这里。

劣等诗人

幻想英雄,感冒患者,
缺乏独一无二超越一切的精神:
一个人快活地待在卧室数脉搏。
哦,真走运,他老娘管他吃喝!

春日感怀

即使藏红花还在老地方伸着脑袋,
青蛙的水泡和同样的水草的泡沫在池塘浮现,
男孩呆呆地看着面孔和去年同样蠢笨的女孩,
这景象无论多熟悉,从未让我生厌。

谷仓里老猫下了一窝小猫,一模一样,——
两只黑黄相间,另一只看上去是棕色,——
即使都是从前的事情,我却不会抱怨:
我欢呼春天到来,好像从未有过春天。

沉思前的祈祷

受我那折磨人的念头的抑制,
我过于以这一点为中心。

如此囚禁,如此乞讨,如此关在
一层非本质的皮囊里,

我要摆脱我自己,摈弃
我的不可接近。

傻瓜可以装腔作势
用脊柱沉思。

哦,上帝,将我从所有向内
的活动中放出来。

视力非凡的寡妇的歌谣

有位和蔼的寡妇,住在山上,
爬上阁楼,凭窗眺望。

"哦,告诉我,寡妇,你看见什么东西,
当你在上帝的国度里里外外打量我的城市?"

"我看见一千万扇窗户,我看见一万条大街,
我看见贸易创造非凡的功业。

律师全都狡诈,商人挺着大肚子,
他们的妻子礼拜天出门,戴上最时新的帽子。

孩子们玩警察抓小偷,孩子们耍飞刀,
有的成了偷窃的高手,有的沿街乞讨;

富翁玩马球,穷人捡球,
教授们宽容文化的落后。

我看见银行家豪宅二十根炉栅的壁炉,
孤零零,他太太正为内心的渴望悲苦。

隔壁是石膏灰泥板锡铁皮搭建的爱巢，
耗子很快要搬走，雪花等着往屋里飘。"

"视力非凡的寡妇，你的眼睛像望远镜，
可曾看见'希望'的迹象或类似的事情？"

"我看见河港，热热闹闹挤满了人和船，
外科医师摆弄手术刀用他的拇指和指尖。

我看见祖父一连七次中风，死里逃生啊，
失业者说着老掉牙的失业的笑话。

鸥鸟浮在水上，鸥鸟来了又走，
人们在铁路和大路上不停地走啊走。

鲑鱼逆流而上，河流接近海洋，
青枝绿叶不停地出现在我们的国土上。"

掌上明珠

无赖匆匆看了下毒品注射针眼,
从不担心外界遮遮掩掩的议论。
他轻而易举拥有世界;
他不用在公园里过夜。

无畏,鲁莽,他骗他那帮哥们儿,
仅仅为了赢得新的征服新的喝彩。
他傲慢无礼尚未耗尽人们的耐心。
他活着,逍遥法外。

哦幸运女神的孩子,掌上明珠,
每种礼物每样刺激都赐给了他,
纵然如此他的幸福仍然未圆满;
渐渐地那无敌的人生开始乏味
以至于他冲着破落的仇人叫喊
渴望感受到挫败的冲击。

挥之不去的忆念

我记得铁路道口煤水车上
天竺葵在煤灰中盛开；黑猫舔爪子；
古铜肤色的小伙子有条不紊；
对你来说，精确是根本法则：

手帕叠进上装左边口袋；
清单上的货物采购完毕；
老式金属盒里闹钟发条上紧
背对旭日投出青春的身影。

此刻，起居室令人痛苦的混乱中，
一堆男孩玩具，没你存在的迹象，
肮脏无序中我只爱这一点幻觉：
廉价闹钟鬼气的蝉鸣嘀嗒嘀嗒。

账单

所有的红利消失:聚敛的财富,
神秘的总数,得来全不费工夫;
如今早年痛苦的冷酷数字
又回来了,胡乱丢在我们家里。

我们探求破产的原因,加,
减,把自己抵押出去;
本子上尽是胡涂乱抹,
无法查出那误差何在。

现在我们找的只是一笔
单程车费,一张本该稳赚的彩票:
让我们成为现在这副德性的匮乏,
还有穷人那儿搜刮来的一分一毫。

田园曲

此刻一群蝙蝠掠过椴树和榆树,盘旋,
一个醉鬼跌跌撞撞,自言自语。
家家户户厨房灯光洒到户外;飞蛾展翅;
最后的三轮摩托疯狂地冲向人行道终点。

当黑夜不知不觉降临整洁的郊外小镇,
我们对狗吠和雏鸟最后的叽叽喳喳漠不关心;
新割过的草坪,露水重了;
我们坐在门廊秋千上,心满意足,快睡着了。

黑暗的旋转的阴影中,世界退到了远处;
远方的火车拉了一次汽笛并且发出回音;
我们一个个走进草地旁边的屋子,上床,
忘了恐怖和头版要闻,忘了枪炮和演讲。

夜间旅行

现在,当火车向西,
它的节奏震动大地,
普尔门式卧铺车厢里
我凝望夜色,
其他人已入梦乡。
一座座钢铁饰边的大桥,
猝然掠过的树木,
薄雾中的山坳
全都扑进我的视野,
接着是一片惨淡的荒原,
一面湖泊就在我膝盖下边。
急转弯时我整个脖颈都感觉到
那股紧绷绷的拉力;
我的肌肉与这铁家伙一同运行,
我的每根神经都警醒着。
我看见一盏信号灯
陡然雪亮;
我们轰隆隆驶过灯光照亮的
沟壑与溪谷。
过了山隘

窗玻璃上的雾越来越重；
我们冲进那把双层玻璃
敲得啪啪响的大雨。
车轮震动路基上的石子，
活塞猛拉，狠推，
我到半夜都没入睡
为了凝望我深爱的土地。

迷失的儿子及其他诗歌
(*1948*)

插枝（修订版）

这迫切，搏斗，复活的干渴枝条——
插枝奋力站稳，
怎样的圣徒拉得这么紧，
靠剪枝死而复生？

我能听见，地下，那吮吸和啜泣，
我在我的血管和骨头里感觉到它，——
小股泉水往上冲，
紧绷的谷粒断裂。
当新芽绽开，
光滑如鱼，
我胆怯了，俯身于这源头，湿漉漉的鞘。

储窖

储窖湿如阴沟,植物之叶无法闭合,
鳞茎类从箱子里逃出来,黑暗中搜寻裂缝,
嫩芽悬挂,萎靡不振,
从发霉的板条箱里猥亵地伸出,
垂下邪恶的黄色长脖子,像一群热带蛇。
臭气熏天的集合!——
根部如暗褐色诱饵般成熟,
多汁的茎梗异常茂密,挤满地窖,
腐殖土,肥料,石灰,堆在滑溜溜的板子上。
万物皆不放弃生命,
纵然是泥土,也在呼吸稀薄的空气。

兰花

俯身于小径,
沼兰属,
斜着贴近地面,
正在伸出,柔软,像假的,
无精打采,潮湿,鲜嫩如小鸟舌头;
懵懂的唇瓣颤抖
缓缓移动,
吮吸温热的空气。

夜里,
暗淡的月光无法穿透刷了石灰水的窗玻璃,
热度骤降,
兰花的麝香味更浓,
从长满苔藓的诞生地四处弥漫:
这么多贪婪婴儿!
柔软的荧光指头,
唇瓣非死非活,
放荡的幽灵般的大嘴
在呼吸。

狂风

温室移动,

冲进一股驱迫

河水顺流

而下的狂风

水龙头全都关好了?——

我们排出施肥机里的肥料

以保住普通秧苗,

把混合的牲口尿液

注入生锈的汽锅,

看着压力计指针剧烈

颤抖,摆向红灯,

接口处嘶嘶响,

强劲的蒸汽

猛冲到远处

玫瑰花房的尽头,

那儿,最最肆虐的风

将柏木窗框砸得嘎嘎响,

砸碎那么多我们彻夜

守在那儿,用麻袋去堵

破洞的薄薄的窗玻璃;

而她经受住了,
这老玫瑰花房,
她被扔进它的牙缝,
那险恶风暴的核心,
用她坚硬的船首破浪前进,
冲入突然降临在她头顶,
用浪花鞭打她的侧墙,
将一股股雨水抛过屋顶的风浪,
最后这狂风筋疲力尽,只能在
蒸汽排放口下残喘;
而她满载玫瑰航行,
直到宁静的早晨降临。

温室顶上的孩子

大风刮得我裤子后边鼓起来,
碎玻璃和干油灰碎片在我脚上噼啪响,
半大菊花怒视天空像是谴责,
透过条纹玻璃,阳光照亮的
几朵白云向着东边疾驰,
一排榆树马儿般猛冲,摇晃,
每棵树,每棵树都指着天空,大叫!

老褒曼，老施密特，老施瓦茨

三位老太婆吱吱

嘎嘎走在温室梯子上，

向上传白绳子

好缠住，好缠住

香豌豆的卷须，圆叶菝葜，

旱金莲，攀缘的

玫瑰，好让

石竹和红菊

挺直；她们把

玉米般长节的

硬梗扎住，包好，——

籍籍无名的保育员。

比鸟儿迅捷，她们

铲土，筛好；

她们晃着喷水；

扶起两脚叉开的水管，

然后裙子就鼓成帐篷，

她们的手湿漉漉，亮闪闪；

她们女巫般列队跑来跑去

让她们的创造从容不迫；

以卷须为针

用花梗缝合天空；

她们拣出严寒中昏睡的种子，——

所有的卷、环、轮。

她们让阳光洒遍棚架；她们不是只为自己谋划。

我记得她们怎样抱起我，一个瘦孩子，

对着我的细肋骨又捏又捅，

直到我躺在她们腿上，笑起来，

弱得像小狗；

此刻，当我独自一人在床上受冻，

她们仍在我上方来回走动，

这些坚韧的老太婆，

她们的印花手帕被汗水浸得僵挺，

她们的腕部被蒺藜刺破，

她们的哈气满是鼻烟味，从我身边轻轻走过，在我最初的睡梦中。

我爸爸的华尔兹

你嘴里的威士忌味儿
能把小男孩熏得发晕;
可我紧抓住你不松手:
这样跳华尔兹真别扭。

我们尽情嬉闹,直到平底锅
从厨房搁架上滑下来;
母亲的表情变了
紧蹙的眉头难以舒展。

握住我腕部的那只手,
有一处指关节是碎的;
每次你跳错了舞步
我右耳就蹭到你皮带扣。

你用沾满硬泥的手
在我脑袋上打拍子,
然后硬把我拖到床上而我
依然揪住你衬衣不肯松手。

放还

我用皮革般的脚掌
绕着暗下来的回廊兜圈子,
狗一样毛发直竖,
蜷缩在地板上。

掉头一瞥,
发现大腿上那条肌肉
瘪了,像受惊的嘴唇。

一把冰凉的钥匙将我放进
自体传染的兽窝;
我和我的命一同躺下,
破衣烂衫,
一条残腿,爪子精瘦,
被人剥得赤条条,等着猎人靴子来踢。

不要论断人[1]

那些面孔变成灰色,比铁耙上的碎土更快;
孩子们肚子像充气纸袋一样鼓胀,
眼睛像洋李一样滑稽,从白报纸后边往外看,——
这些意象白天黑夜缠住我。
我想起即将诞生者蜷缩在子宫里忍饥受饿;
我恳求:上帝啊,愿生命的赐福从天而降。

而当我听见那些醉鬼嗥叫,
在大门口散发着令人掩鼻的腐味,
当我看见那些妇人,眼睑如碎片,
我念诵:温柔的死神啊,降临这一切之上。

---

1 标题源自《圣经·马太福音》7:1、7:2:"你们不要论断人,免得你们被论断。因为你们怎样论断人,也必怎样被论断。"

夜鸦

我看见那笨乌鸦

朽树上拍翅起飞,

一个形象自脑海升起:

梦的深渊上

巨鸟飞过

越来越远

飞进月黑之夜,

飞进大脑最深处。

河流插曲

一只贝在我脚趾下弓着身子,
搅起疾旋的泥沙
在我膝盖边形成涟漪。
所有早该完成的事
都因我那人的行事方式而耽搁;
海水站立我血管中,
我持续谈论的自然力量
粉碎,流逝,
我知道我一直在那儿,
在冰冷的花岗岩的黏土里,
在黑暗中,在滚滚波浪中。

苏醒

我漫步
于旷野;
太阳升起;
热度怡人。

这边!这边!
鹡鸰咽喉闪光,
这朵冲着那朵,
花儿歌唱。

石头歌唱,
小石子也唱,
而众花跳跃
如小山羊。

雏菊乱蓬蓬
流苏随风飘扬;
苹果园里,
并非我独自一人。

远远地，雏鸟
在林中悲鸣；
露水释放出
清晨的气息。

我来到河水漫过
石头的地方：
我的耳朵辨认出
早年的欢乐。

所有小溪中
全部的流水
在我血管里歌唱
夏天的时光。

迷失的儿子

1. 逃

在伍德朗我听见死者喊叫:
铁器撞击的声音让我安静,
还有石头上缓缓的滴水,
趴在井里的蟾蜍。
所有的叶片伸出舌头;
我摇着我那变软的白垩般的骨头,
说,
蜗牛啊,蜗牛,在前方给我照明,
鸟儿啊,用温柔的悲鸣送我回家,
虫子啊,理解我。
这是我陷入困厄的时光。

在老伤口——那温柔
静止的池塘里垂钓;
没有任何东西来咬鱼线,
连最小的鱼儿也不见踪影。

坐在空荡荡的屋里,

看阴影在那儿爬,
在那儿抓。
一只苍蝇飞过。
声音,突破寂静。
说着什么。
以蜘蛛或扑打
窗帘的飞蛾的形态现身。

告诉我:
我上哪条路;
我出哪扇门,
去何处,走向谁?

  黑暗的洞穴说,去背风处,
  月亮说,躲到美洲鳗背后,
  盐说,去海边眺望,
  你哭得还不够,不足以赢得赞美,
  在这儿你无法找到安慰,
  在喋喋不休砰砰响的王国。

  轻盈地跑过湿软的土地,
  穿过布满沉闷石头的牧场,
  经过三棵榆树,
  荒野里铺天盖地的羊群,

跨过一座东倒西歪的桥，
下边是掀起阵阵涟漪的激流。

沿着河流搜寻，
穿过垃圾和虫子吃得尽是窟窿的树叶，
在泥泞的池塘边上，在泥塘的洞穴旁，
在萎缩的湖边搜寻，顶着夏日的燠热。

它像耗子吗？
    比耗子大。
    比腿小
    不止一个鼻子，
    就在水下
    它像平常一样游着。

软得像老鼠？
会皱鼻子吗？
能踮着脚尖
跑到屋里来？

    披着猫皮
    拱着美洲鳗的脊背，
    长满膘的身子打滚，——
    它就这样触摸。

油光如水獭

丝网般的宽大脚蹼

就在水下

它像平常一样游着。

2. 坑

根须伸向何处？

　　拨开落叶往下看。

谁在那儿布置了青苔？

　　这些石头在这儿太久。

谁震得烂泥嘈杂不休？

　　去问鼹鼠吧，他知道。

我摸到潮湿兽窝里的黏液。

　　当心霉病源头。

又在轻轻咬，提心吊胆的鱼。

3. 叽里咕噜

在森林入口处，

在洞口，

我侧耳聆听早已听过的

某物的动静。

胯下之狗

狂吠,嗥叫,

太阳反对我,

月亮拒绝我。

野草呜咽,

群蛇流泪,

母兽和欧石南

对我说:去死。

多渺小的歌。多迟缓的云。多黑的水。

雨有父亲吗?[1] 所有洞穴里全是冰。这儿只有雪。

我冷。我冷彻骨髓。父母取笑我。

我父亲是畏惧,**畏惧老爸**。

他的目光令石头枯竭。

  谁蹑手蹑脚的幻影

  在大厅那头打招呼,

  稳稳地站在楼梯上,

  梦幻般地滑下来?

那个寒冷的早晨
我看见有东西
从那么多搁架上
大壶壶嘴里流出。

布满水珠的脸
如蜿蜒滑行的美洲鳗
我的舌头将我的
嘴唇吻醒。

这是风暴的心脏吗？土地本身骚动起来。
我的热血无用地奔流。肉身逐出自己的火焰？
种子离开老苗床？嫩芽鸟儿般生机勃勃。
哪儿啊，世界的眼泪在哪儿？
让亲吻发出回响，精准无误如屠夫之手；
让姿势僵住；我们已在劫难逃。
所有的窗户燃烧！我的生命剩下什么？
我渴望古老的狂热，原始奶水的猛烈冲击！
再见，再见，老石头，时光之序运转，
我让双手与持续的焦虑结为一体，
我跑，我跑向呼啸的金钱。

钱钱钱
水水水

青草多美妙。

鸟儿飞走了？

茎梗仍在摇曳。

蠕虫有影子吗？

云朵说了什么？

横扫一切的光解放了我。

看，看，渠沟变成白色！

我的血管比一棵树的枝条更多！

吻我，灰烬，我正跌入黑暗的旋涡。

4. 返回

通往锅炉的路一片漆黑，

从头到尾都黑，

铺在长长的温室中

会让人滑倒的炉渣上。

玫瑰在黑暗中呼吸。

它们有许多嘴。

我的膝盖带起一阵风

野草在那儿昏睡。

总有一盏孤灯
挂在炉膛边,
司炉拨出玫瑰,
硕大的玫瑰,硕大的血色煤渣。

我曾整夜待在那儿。
晨光越过白雪缓缓到来。
许多种
冷气。
然后蒸汽来了。

管子砰砰响[2]。

热气在植物幼芽上急匆匆旋转。
站好!站好!
爸爸来了!

一阵美妙的烟雾从叶片上升起;
霜在远处窗玻璃上融化;
玫瑰和菊花转身迎着光。
就连安安静静的植物,弯曲浅黄的野草
也在缓缓摇曳,生长。

5. "冬天开始了"

冬天开始了,
一段过渡的时光,
风景的一部分还是褐色:
蓝雪上边,
枯草还在风中摇曳。

冬天开始了。
光在冻僵的旷野上缓缓移动,
漫过干燥的冠状种子,
残存的美丽枯草
在风中摇曳。

光在辽阔的旷野上传送;
持续传送。
野草不再摇曳。
心灵穿过晴朗的天空,
寂静无声,绝非形单影只。

  是光吗?
  是内心的光吗?
  是光芒深处的光吗?
  变得活跃的寂静,

还是寂静吗?

一种生机勃勃的可理喻的精灵
曾带给你欢乐。
它将再度莅临。
安静。
等吧。

1 "雨有父亲吗?"一语出自《圣经·约伯记》38:28。
2 原文为 Pipe-knock。罗特克在《公开信》一文中解释过这个"Pipe-knock","在温室里,随着蒸汽的输送,暖气管发出爆响,而'爸爸'或花匠走过来的时候,经常会在凳沿或暖气管上敲他正在抽的烟斗。然后,随着蒸汽和'爸爸'的到来——人间的爸爸和天上的爸爸融为一体。温室里有一种运动感,是我全部生命的象征,一个子宫,一座人间天堂。"

漫长小径

1

一条河从青草中滑出。一条河或一条大蛇。
一条鱼肚皮朝上,
滑过白色激流,
慢慢,慢慢
翻转。

黑暗涌流。一张无生命的嘴在老树下歌唱。
耳朵只在低处听见。
想起一个古老的声音。
想起
水。

矿渣慢慢熔化。金属碎裂时渗出什么?
肉体,你触怒这金属。这肉身还要哀痛多久?
那些角峰还矗立在山巅?昨天是忧心忡忡的。

厕所,厕所,颜色像硫磺的水说,
遍布矿渣的高地没有秽物。

这阵烟来自光荣的上帝。

  你能为它命名？我不能为它命名。
  我们别匆忙。死者永不匆忙。
  谁在这儿低语？坟墓说了什么？
  我的门全是洞。

2

魔鬼在远方。上帝，你要我做什么？
  灵魂住在马厩。
相信我，没别人，跛脚小母猫。
  亲吻马槽，礼拜五的猪。
我想起，奶嘴。我需要一条活人的路。
  软弱的身体没有欢乐。
无法触碰的甘美，你为谁而造？
  看看那些云雀在干什么。
光明的生灵，我们会在上帝的怀抱中相遇吗？
  调转池塘的视角。

3

亲密点儿。非得杀害别的生灵吗?
飞禽能吃了我?泥沙中没有线索。
这阵风刮得我什么也看不见。发发慈悲吧,软骨:
这是我最后的华尔兹,怀着长久的热望。

    一个等候的鬼魂让死者亲热起来
    他们把膝盖弄得嘎嘎响:
    那么走吧,我们做能做的
    捉迷藏,一把抱住。

淘气鬼跑来,淘气鬼跑去,
因害怕而胆大;
草料在马嘴里跳,
下巴蹦到鼻子上。

宠儿的吻是樱桃让我变得富有,
夏天麻鹬般叫了声"哈":
给我一根羽毛,我会把你扇热,
我因我的爪子而快乐。

紫罗兰"哈",
紫罗兰"嗬",

我爱人锁在
老青贮窖里。

她对着母鸡叫,
她冲母鹅挥手,
它们就是不来
放她出去。

    如果我们拆掉
    火柴头
    对猫的心愿
    又当如何处置?
    要搜出那条鱼?
    山羊的嘴巴
    会笑到最后?

4

那是一种亲密的撞击。看看欲望要什么。
这空气能让枯枝重获生机。亲爱的耶稣,让我大汗淋漓。
花都在这儿吗? 鸟都在这儿。
我该召集众花吗?

来吧最小的，来吧最温柔的，

来小河上喁喁低语，

把玫瑰递给我，肥土上湿润甜蜜的玫瑰，

来吧，冲出阴影，清凉的路，

纤维和茎梗的漫长小径；

俯身，呼吸的小东西，爬虫和蔓生植物；

生长在阶地和山上的

湿漉漉的仙客来和铃兰。

最小的花儿，你走的是鱼道，

在饱含水分的空气中一路摇曳，

在柔和的光线中打盹，花瓣跳跃。

微风！微风！蓦然看见众天使！

树叶，树叶变成我！

一根根卷须占有我！

5

眼睁睁我看着砖块剥落。河流的主人，那是缺席的树。

给我一个桃子，我的爱，群山就在那儿。

最难办的是钱：为什么，还有什么？

哦，让洪流般急涌的空气下降，

让大海在尘土中闪光。

喝令群狗停下，我的爪子消失了。

这阵风刮来很多鱼；

众湖将会惬意：

把我的手还给我：

我去抓火焰。

光的旷野

1

想起湖泊;想起死水,
满是沼泽和落叶的池塘,
沉入沙土的木板。

一根原木被人踹了一脚转动起来;
一根长长的水草向上翻卷;
一只眼乜斜着。

  微风弄出
  恐怖的声响;
  最平静的小海湾
  急切地需要声音。

  伸手去够葡萄
  和全新的叶子;
  一块石头
  变成一只蛤。

一场细雨落在

肥大的叶片上;

我一个人在那儿

陷入湿漉漉的昏睡。

2

我问我心中的天使,

我亵渎过太阳吗?

说过的话不会违背。

  在那,在那一捆捆庄稼下,

  在焦黑的树叶下,

  在碧绿发黏的棚架后边,

  在旷野边缘的深草中,

  沿着只在八月干涸的低地,——

我亲吻的是尘土吗?

一阵哀叹从远方飘来。

形单影只,我亲吻石头的外壳;

温柔的一对,沙地上起舞。

3

泥土从我这游客手中滑落。
我能摸到牝马的鼻子。
一条小路往前走。
太阳在小小湍流上闪耀。
早晨的某种生灵驾到,拍翅膀。
大榆树上栖满飞鸟。

听啊,爱人,
肥硕的云雀在旷野里叫;
我触摸土地,这被喧鸰弄得郁郁不乐的土地,
盐和石头在笑;
蕨类和跳跃的蜥蜴随心所欲,
而新生植物在地上处境艰难,
可爱的小东西。
我可以看护!我可以看护!
我看见万物离散!
我的心和高高的草一同升起;
野草信赖我,筑巢的鸟儿信赖我。
造出骚动幻影的云朵穿过雪松的防风林,
蜜蜂从湿透的忍冬树上摇下一滴滴雨水。
虫子们像鹪鹩一样兴高采烈。
而我走着,我在微风里走;
我和早晨一起出发。

火焰的形状

1

    这是什么?给厚嘴唇的食物。
    谁说的?那个无名的陌生人。
    他是树还是鸟?谁都不知道。

海水退到一群呼喊的蜘蛛那儿。
一艘老平底船撞到黑礁石。
撞裂的吊舱尖叫。

    在这儿生下我。这肉身打着怎样更多的算盘?
    大海会给风喂奶?一只蟾蜍与一块石头重叠。
    这些花全是獠牙。给我安慰吧,泼妇。
    叫醒我,巫婆,我们要上演枯枝的舞蹈。

页岩松了。灰泥涌入荒野。小鸟掠过水面。
精灵,靠近。这只是远离洁白的边缘。
我无法嘲笑排着队的狗。

    成熟时节果树歉收。
    母熊在小山下游荡。

母亲，母亲，从你悲愁的洞穴里出来吧。

一张营养不良的嘴贪婪地喝水。野草，野草，我多爱你。
草地更冷了。再见，再见，宠爱的虫子。
大气的温暖一声不响地来了。

2

　　眼睛在哪里？
　　眼睛在龌龊之地。
　　耳朵不在
　　头发下边。
　　我脱了衣服
　　找鼻子，
　　只找到一只舞鞋，
　　用来跳"去往"的华尔兹
　　用来走出"去哪儿"的困境。

傻瓜的时光。我认识那聆听者，
他有陈词滥调，他有橡胶轮胎，
膝盖发软，静脉曲张的恐惧。
喂，喂。我紧张的神经认识你，亲爱的孩子。
你来过了，来将阴影从我身上卸除？

昨夜我睡在坑坑洼洼的岬地。

银鱼在我的特制紧身衣上进进出出；

渐渐地，家族规矩和软体动物助理饲养员让我生厌：

沿着高架铁路，我追上另一个冬天的蛇和枯枝，

一只两条腿的狗追赶嗥叫的新地平线。

风在岩石上把自己磨得锋利；

一个声音唱道：

    大地上的享乐

    无声无息，

    随随便便

    就让心神不宁的人发疯。

    他粗心大意，滑倒在

    蜿蜒的沼泽里

    受困于嘴巴

    留下的不仅仅是鞋子；

    必须脱掉衣服

    以便像蛙一样肚子

    猛地一挺，在发出

    吮吸声的烂泥上小心翼翼前进。

我的肉吞吃我。谁在门口守候？

石英之母,你的言辞爬进我耳朵。
淫猥的低语,复活了光明。

3

黄蜂等待。
  边缘无法吃掉中心。
葡萄反光。
  小径很少向蛇透露什么。
波浪中冲出一只眼睛。
  从肉体出发的旅程最漫长。
一朵玫瑰难以觉察地摇曳。
  赎罪者假装成忧愁的模样。

4

早晨的生灵,跟随我,更深地退入
微不足道的野草和渠沟的世界,
当苍鹭在一座座白房子上空飞行,
小螃蟹滑进银光闪闪的水坑。
当太阳为我照亮一粒沙子的侧面,
当我的意图越过嫩芽最初的战栗,伸展。

空气和阳光：夏天大叫的扑动鸳：
溪水中布满倒刺的木板和全部的苹果；
山上快乐的母鸡；嗡嗡响的棚架。
死亡不在其列。我靠原始的瞌睡活着：
双手和头发穿过苏醒的花朵的梦幻。
雨水让洞穴更甜美，而鸽子还在叫；
花朵无所依傍，洞中的花朵；
爱情，爱情歌唱。

5

拥有全部的空气！——
拥有日光和浑圆的太阳，
它莅临头状花序，
慢慢掉转方向的卷须，
和一只耸起身子
慢慢移动的液态蜗牛；
靠近那从苗床缓缓
升起，在最初的寂寞中
安静如孩子的玫瑰；
察看仙客来的叶脉在晨光中越来越清晰，
薄雾从棕色香蒲上升起；

凝望落日余晖,当太阳在树木茂盛的
岛屿后边下沉,夕光仍在湖面;
留意抬起的桨上滑落的一滴滴水,
桨已停住,划船的人歇口气,小船静静地漂向岸边;
认识那在我们浑然不觉时降临并且扩散的光,
当水猛地泻入晦暗花瓶,将其注满直达瓶口,
在边沿上满满的,战栗,仍然没有溢出,
仍然托住并且喂养着宁静的鲜花的花茎。

赞颂到底!
(1951)

你敲门,门就为你大开[1]

1

    小猫用脚

    咬东西;

    爸爸妈妈

    有更多牙。

    坐在摇椅

    下边玩耍

    直到母牛

    全都下了小牛。

他的耳朵没有享乐。

给我唱支催眠曲吧。

真正的伤痛是温柔的。

    从前我遇到

    一棵树,

    它不像

    梦中的食尸鬼。

  有个守墓的
  戴顶橡胶帽
  更滑稽的是——
  帽子藏在罐子里。

几点了,种子爸爸?
万物都已获得新生。
我爸爸现在是条鱼。

2

  受了责备不吭声,
  我伯父不在这儿,
  他永远离开了,
  我根本不在乎。

  我知道谁逮住了他,
  他们会在他肚皮上跳,
  他不会变成天使,
  我根本不在乎。

我知道她为什么闹。

她实在心烦意乱。

我要为她花一笔钱。

正在考虑。

  我唱道眨眼的人会嫉妒。

  她的眼睛价值连城，

  是她又不是她在那儿

  整天我都在唱啊唱。

3

我认得它是猫头鹰。他把它变得更黑。

待在老地方吃吧。我不是老鼠。

有些石头还热着。

我喜欢软爪子。

也许我陷入迷惘，

要么就是睡着了。

虫子有一张嘴。

谁让我活下去？

把我拖出来。

请吧。

主啊,给我一条近道。我听见花朵。
鬼魂没法吹口哨。
我知道!我知道!
喂,快乐的手。

4

我们沿河而下。
水禽发出清脆的鸣叫。一直叫。
走在雨里。跨过石头。
某人鼻子上落了一只蛙,
他飞快地打掉。

我为那条鱼伤心。
别在船上摔他,我说。
你看他噗噗噗。他努力说话。
爸爸将他扔回河里。

大头鱼长了胡子。
它们咬。

他给玫瑰浇水。
他拇指缠了一道彩虹。

茎梗说，谢谢你。
黑夜早早降临。

那是从前。我毁了！我毁了！
虫子已经离开。
我的眼泪累了。

蛮荒之地破破烂烂。我觉察到寒冷。
去风中逗留。众鸟在那儿死。
占有是怎样陶醉啊？
我将变成咬下的一小块。你变成光的一闪。
唱着歌儿催蛇入眠。

5

我对爸爸说，
亲吻回来了；
他那白人的身子
纸一样的皮肤。

我对妈妈说，
上帝在别处。
夜晚降临

漫长又漫长的时光。

现在我成了另一个。
别告诉我的手。
我始终醒着吗？不是。
一个父亲够了。

也许上帝有一间屋子。
但不在这儿。

1　标题 Where knock is open wide 或类似的表达都源自《圣经·马太福音》7:7："你们祈求，就给你们。寻找，就寻见。叩门，就给你们开门。"

我需要,我需要

1

深碟子。盛海鱼。
我吃不到我妈妈。
呼!我熟悉汤匙。
它与我嘴巴搭档。

喷嚏停不下来。
我们可以
照看好酒。

  下到地窖,
  与水龙头交谈;
  滴滴答答的水
  无话可说。

  秋海棠,为何
  你不跟我窃窃私语,
  在我活着的地方
  没人唉声叹气。

用枝条去抓风。
树叶喜欢。
死者在咬吗?
妈妈,她是悲伤的胖子。

  一只鸽子整天在说鸽子。
  有沿的帽子是一间屋子。
  而我藏进他的帽子。

2

世上难得绝对的公平。
我讨厌吃糖,
你把手指放脸上,
那儿就会出现怪东西。

  最可爱还是可爱
  我知道你到底怎样:
  你不是很友好,——
  所以过来碰碰我脚指头。

我知道你是我的报应
所以我到无名之辈那儿去喝酒。

麻烦就在于总要回答**是**还是**否**
在你看来我猜我猜。

  我愿我是一头蠢牛犊
  我愿我是一个大笑话
  我愿我有一万顶帽子，
  我愿我赚到大把票子。

打开窟窿看到天空：
鸭子认识某种生灵
而你我一无所知。
明天礼拜五。

  我要的不是你。
  一边儿去吧。
  待在太阳里，
  厄运。

3

把云雀打下来。我能收回我的心吗？
今天我看见一朵云长了胡子。
土地叫出我的名字：
因疯癫而再见。

爱为太阳效力。
但还不够。

4

侍弄花草时,你冲花盆吐唾沫。
鹤嘴锄喜欢砸冰。
为我和小老鼠欢呼吧!——
燕麦长势良好。

聆听我,温柔的麦穗滚圆的石头!
这是触手可及的可爱生活。
谁备好了粉红衣服,等着嬉戏?
我的锄头山羊般吞吃。

  她的双脚说好的。
  这是全部的干草。
  我问大门,
  还有谁知道
  哪种水流淌?
  露水吞吃火焰。

我认识另一种火焰。
它长满根须。

让日子醒来!

1

    蜜蜂与百合在那儿,
    蜜蜂与百合在那儿,
    这两个——
    你究竟要哪个?
    蜜蜂与百合在那儿。

    他们要,——青草?
    青草吗?——
    她要求她的肉体
    放我进去:
    远处的花瓣也赞成。

永远也很容易,她说。
你到底认识多少天使啊?——
没问下去,因为阿尔吉的
某种生灵来看我,
不是一只鹅,
也不是一头卷毛狗。

万物靠得更近。这是囚笼吗?
　　寒气出自月亮。
　　唯有森林充满生机。
　　我无法与烂泥融为一体。

　　我是一块小甜饼。我已融化。
　　下雪的天气恨我。
　　所以我喜欢它。
　　我无法抓住一片灌木。

2

鲱鱼醒了。
它们中间啁啾的是什么? ——
是否还伴着低语和亲吻? ——
我收听到发出极低声音的波浪。
青草重复风的话:
始于岩石;
终于水。

　　当我伫立,我几乎变成一棵树。
　　花瓣,你有点喜欢我吗?

天鹅需要一片池塘。

虫子和玫瑰

全都热爱

雨水。

3

哦,醒来的小鸟,

灵巧如花丛里的手,

从前的天使几乎都离开。

小小叶片下,微风静悄悄。

尘埃,飞舞了那么久的尘埃,停下了。

蜘蛛优美地走进夏天。

是开始的时候了!

开始吧!

众城门哪!请让开![1]

1

相信我,紧张的软骨,我像树一样渗出汁液;
除了木板我什么也没梦见;
也许我会爱上一只鸭子。

皮肤下这样的音乐!
一只鸟在你肉身的灌木中歌唱。
毛茸茸,流水从容。
抚摸我。泥土渴望青草。
老鼠在跳舞?猫在跳舞。
而你,喝那么多牛奶吃那么多鱼开始呕吐,
一轮摆脱雄鹿窥视的月亮,
完美地给我新生,——
在我入睡的草地上,
在草地上。

2

蓝色之母,千变万化的草垛,

这条尾巴不喜欢平坦的道路。

我已伸出鼻子;

我能将石头融化,——

那些高大的鸟儿如今怎样?

我也可以看吗,可爱的眼睛?

这是超越尘世的一瞬。

缓缓降下的雨中,谁害怕?

在命定的土地上,我们是国王和王后。

为你,我愿冒寒冻之险。

你,开始领悟的树,

你,肾脏的低语,

我们要把这一刻烧焦!——

连同地板上的凹凸和炭渣:

大海会在那儿出现,巨大易碎的阴影,

也许吞噬自己;

最聒噪的蛙;

还有高声哀嚎死在

一面墙里的鬼魂。

用健壮的大腿,

用春天的睾丸,

我们要伸展巨大的枝干。
也许我们要为我们所是
的家伙干杯。

3

你,野兽之心的孩子,
把我变成一只鸟,一头熊!
我和紧随风之船
光滑蕨类植物中的
鱼儿一同嬉戏;
但眼下正是刻不容缓的年纪,
我满脑子想着追猎别的躯体。
我为小夜猫子难过。

4

触摸,睡醒。巴结,哽咽。咒骂,伤心。
下等场所令人寒心的争吵。
死乌鸦在电线杆上干枯。
阴影中那些幽灵
窥伺。

嘴请求。手去抓。

这些鸟来自邪恶的巢。

站在洞里的人

从未将其填满。

我听见古老的风砰砰响。

寒冷知道应该何时到达。

我依然忍受着

那把我砸进去的东西。

深深的小溪想起来：

从前我是一个池塘。

那流逝的

做好了准备。

1　标题 Give Way, Ye Gates 源自《圣经·诗篇》24:7："众城门哪！你们要抬起头来！那荣耀的王将要进来。"后来成了一首美国赞美诗的标题。

感觉！哦，看哪！

1

我是另一位的蛇。
看！她酣睡如湖泊：
要攫住这光晕，我说。

    在某个昏沉大脑想象的美丽夜晚，
    你仿佛大理石雕像。
    我为你命名：万物的女儿，
    一座真实的和风吹拂的小树林。
    海洋不规则的音长宣告你从一只
    比兽角更硬的贝壳里诞生。
    你温柔的白化病的凝视
    冲着我的灵魂说话。

也许太古怪。
最新的乏味正在形成：
我觉察到前边有障碍。
猫怎么可能给母鸡喂奶？

2

你在对狗

说悄悄话?——

黄蜂温柔吗?

拇指指尖跳动;

商品啊,我们来了!

    身段已定形:

    窈窕的身子。

    我有办法不闹笑话:

    我是一根用来触摸的细枝,

    满心欢喜,像一把刀。

3

你们,猝然降临的众神,

深深的草丛里有个幽灵逍遥自在!

我的情人还在洞里。

我已唤醒邪恶的风:

我和我的肋骨形影相吊;

湖水冲洗它的石头。

你看见我,糟糕透顶的好人,

赤裸,完整。

兴奋?没错,——

因为邻居的猫竖起了尾巴,

因为老泼妇将蟾蜍藏在旅行箱里。

妈妈!戴上黑头巾;

去别处意味着漫漫长路。

幽灵说:爱太阳。

我爱了。

看哪,看哪,

光在转弯。

月亮还在。

我听见你,被月亮拒斥的人。

太阳在我胳肢窝里?

睡眠欺骗了我。

黑夜有一扇门?

我在别处,——

我坚持!

我活着。

哦，哄我安静，哄我安静吧

1

一声叹息令天堂紧张。
在这耗子的管区，
谁是生命的主教？

  她让自己那么安静。
  做个麻痹的人有福了。
  并非所有动物
  都是四处流浪。

告诉我，有螯刺的众神，
到了想的时间了吗？
只要说到宠爱之物，
我就能听见歌唱。
哦，我爱人轻盈如野鸭
在月亮没照到的波涛上！

  大海有许多居民；
  海滩与海浪一同升起。

我熟谙自己的躯体:
　　可爱的情侣一无所知。

2

空气,空气准备好了。
光线注满岩石。
让我们在遗忘之前嬉戏!

　　梦寐以求的! 梦寐以求的!
　　哦,可爱的裂缝,哦前往
　　另一种恩典的炽热通道! ——
　　我在种子里看见我的心;
　　我吸进一个梦,
　　而大地哭喊。
　　我已发狂,顾不上优雅,
　　一只冬天跳跃的青蛙。
　　让我平静,下面大声的呻吟,
　　我依然等它结束。
　　狂风停了,
　　但我无法独自跳跃,
　　你,我的池塘,
　　正和小鱼儿一起游动,

我是属于你的一个鼻孔的水獭:

准备好了啸叫;

我比刚生下来大很多;

我能向万物说"你好";

我能与蜗牛交谈;

我遇见歌唱的生灵!

歌唱的生灵!

赞颂到底！

1

树林里天黑了，温柔的反舌鸟。
为了谁，我像种子一样鼓胀？
我是怎样痛入骨髓。
紧张的发明者，最后我沮丧透顶。

这是老鼠们的好日子。
刺痛我，挠痒我，亲密的双腿。
这粗汉，他用不着舞伴。
哦，哦，我是鳗鱼的首领。

  弓起我的脊背，标志的躯体，我对两头都麻木。
  轻点儿轻点儿，你会吵醒蛤蜊。
  我将独自满足鬼魂。
  父亲，宽恕我的手。

池塘上涟漪消逝。
河流只有流水。
所有的上涨

全都落回去。

2

如今你在哪里,我那强壮的跳动的软骨,
我那被毒品麻痹,醉醺醺当年的花花公子?
从前我在岸上垂钓,轻松又快活:
在不再宁静的岩石上,在接吻的亲密部位,
我敏捷如孩子,沿着我血管的炽热大街飞跑,
种子般紧绷,轻快,苗条。
现在河水退落。野草比我高。
身边是苍蝇和香蕉,必然失眠,
因为假装谦卑发动的进攻突然失败。
没有光彩照人的尤物,我只能亲吻消逝的空气;
太过分,我不诚实。

气候反常,摇我入睡。
对我说话,白胡子。
为我歌唱,亲爱的。

  每秒百万条指令,坟墓般的恶妇,
  他的嗜好是咬人,
  母牛需要照料而那咕咕叫的是谁?——

暗中碰脚的调情是最后一次。

我至爱的爱人我最美的美人,
你爹把猫抛到空中,
而你我不在那儿,——
暗中碰脚的调情是最后一次。

夜枭一样巨大,蛙一样滑溜,
鹅一样结实,狗一样骄傲,
小母牛一样油光水滑,猪一样有个长身子,——
暗中碰脚的调情定会发生,最后一次。

我决定了!我决定了!
最亲爱的灰尘,我不能留在这里。
我被可恶的啪哒啪哒响的枕头毁了。
水位下降令我虚弱。
我一直在死气沉沉的皮囊卧室昏睡。
这是我吞吃的一小块好人的碎片。
这盐无法让一块石头暖和。
这懒惰的灰烬。

3

石头锋利,
风在我背后刮;
沿着公路漫步,
猫一样装腔作势。

太阳出来了;
湖水变绿;
在金子般的草地嬉戏,
十三岁。

天空敲开
我熟知的世界;
猫一样躺下
嗅着露水。

  我梦见我是所有的骸骨;
  死者睡在我衣袖里;
  快乐的耶稣把我扔回去:
  我轻易地消磨时日。

  几种声音都低沉;
  河水起起落落:

欲望冬日般平静,
一轮沉没的月亮。

这猫头鹰般的喜悦! 鱼最先到来,可爱的鸟。
皮肤是我身上最次要的。吻这个。
永恒靠近了吗,宠爱的人?
我听见手的声音。

遗骸能呼吸吗? 坟墓有耳。
太静了,能听见虫子敲门。
我比一条鱼感觉到更多。
鬼魂,靠近些。

4

苍穹,我心脏原始的跳动,
我浑身每一处都醒着:
我已爬出泥沼,警觉得像个圣人,像条狗;
我了解边地小溪的快乐,石头无脉搏的永世的渴望。
我无法贮藏幸福。
我的朋友,墙里的耗子,带给我最明白的消息;
我在变化的树荫里晒太阳;
植物和夏天的苹果招手让我进去;

掌心的汗金光闪闪；

从前，受了太多惊，我失去本体变成一块卵石；

小鱼儿爱我，那些驼背的打呼噜的生灵也爱我。

我相信！我相信！——

相信沙砾上快乐的麻雀；

相信阳光中振翅的冬日黄蜂；

我一直活在别处；我记得长着海的面孔的几位伯父。

我分明听见另一种热情的歌唱，

比钟声轻，

比流水柔。

因此，哦，飞鸟和小鱼，环绕我。

最后的河流，离开我。

黑夜向我显现一张脸。

我的鬼魂全都欢天喜地。

光芒变成我。

伸展！伸展！

1

骑着蜗牛，骑着跳跃的青蛙，我来到这里，精灵。
告诉我，无皮的家伙，鱼会冒汗吗？
我无法沿着那些矿脉爬回去，
我渴望另外的选择。
峭壁！峭壁！它们把我扔回来。
永恒在最后的岩崖上嚎叫，
旷野不再纯朴：
这是灵魂处于十字路口的时刻。
死者开口，嘈杂不休。

2

这是你站起来发问的时刻
　　——或者坐那儿问。
不会歌唱的舌头
　　——照样在罐子里吹口哨。
你浑身水泡

——谁管呀？老猫头鹰吗？
当你感觉到有风
　　——就可以期待炽热的火焰。

3

人人皆知的事情是怎样遗忘了呀，**苦恼先生**！
干净的卷心菜，菜心也干净吗？
最后我不停地对自己窃窃私语。
我在极偏僻的地方，比所有人走得更远。
短叶松的平原上我猎取无人认识的鸟儿；
钓鱼时，我毫无经验钩住自己。
独自一人，迷迷糊糊，盯着广告牌；

我熟谙油光闪亮的真菌和海浪中耸立的藻类。
腐烂根茎的古老友情是对我的回报，令我荣幸。
我洁净如树叶上的小虫；我珍爱大地的孩子。
甲壳虫令我散发清新的气息。
我睡得像昆虫。

我碰到一个收集植物卷须的人，一个慢吞吞的牧人。
我的使命变成拯救小鱼儿。
我像舞台一样伸展，几乎变成一棵树。

就连一根线都有一句台词。

后来,我在纯朴的森林里舞蹈。
耗子教我,我是快乐的求教者。
纯属偶然我得到很多曲奇。
我跳进黄油。
毛发里很多吻。

4

能说会道的人多从容。多渴望老练成熟!
所有洞穴,甚至油腻的洞穴,都在估量我们。
球茎散开。谁漂浮?不是我。
眼睛毁于小尤物。
藤蔓松开什么?
我听见死去的部落"嗨"了一声。

5

歌唱,歌唱,你们这些象征!所有纯朴的生灵,
所有小小的幻影,柳树般害羞,
在朦胧的烟雾中,歌唱!

一首树叶唱出的轻快歌曲。

慢慢叹口气说好的。光线叹气；

夏日般悲伤的无精打采的声音。

是你吗，冰冷的父亲？父亲，

那些小鱼儿为谁歌唱？

  一间为哲人准备的屋子；一片为天启而在的旷野。

  向一堆石头说话，而众星回答。

  先是可见之物变得晦暗：

  走向光所在的地方。

这胖子不会笑。

唯有我的俏皮有希望。

我会寻找我的温顺。

我已拥有足够的恩典。

失败者有自己的速度。

茎梗寻求的是别的。

坟墓所说，

被安乐窝否定。

死者奋力穿过

崎岖的灌木丛。

他们是有用的。

我高喊,爱!爱!

1

哭泣,小小的身子。但是在哪儿?
我要鸽子没想到来了黄蜂。
姐妹般的时间,它们穿着拖鞋轻轻走开。
接下来是什么?

  白皙的精灵,给我更多的愉悦,——
  某种使命,晦涩如风之迂回,
  鱼嘴泄露的秘密。
  迂回有那么可耻?
  一只猫变得更狡黠了。

哪种人最傻?小巧是一种身段。
这蟾蜍能以击鼓的方式蹦跳;
我听见最可爱的欢呼:
我是海中鲷[1]之王!

2

为什么?那阴郁的小屋,那专供邂逅男生的校舍!
鶺鸰的歌曲唱的是别的。
我喜欢猫儿喵喵叫,紧紧的拥抱,流水般充满活力。
我用残存的尾巴在沙滩上写下这些词语;
现在溪水已在喊叫。
如此悦耳的喧哗:令我夜不成寐。
祝福我,祝福我身陷其中的迷宫!
你好,物的精灵。

  小耗子,小耗子,从蕨类植物中出来,
  小东西,抑制你们无缘由的吱吱叫:
  满兜苹果睡在草丛里。
  痛苦的有形之物!——
  太阳在沃土上嬉戏,
  春天最初的花粉聆听外景地动静,——
  我再次宣布欢乐的地位。
  花花公子,顶风前进!

在一个湿透的地方,所有的敲击拍打都受到认可。
一声焦渴的喊叫出自我自己的沙漠;
这肉身是孤独的。
萌芽阶段出现,没有一丝阴影,

比小鱼儿更憔悴。

蓬勃的草跟着太阳旋转,

脚在蠢笨的石头上飞跑,

时间足够。

看哪,蠢汉眼里,

爱情。

3

我听见那些夜枭,柔情的访客,从铁杉树上飞下来。

蝙蝠们在柳树林飞进飞出,

翅膀蜷曲,稳稳地,

上下翻飞,

沉落,转弯,紧贴纹丝不动的河水。

一条鱼跳跃,抖开破碎的月光。

一道波浪轻松地冲向海岸,

让芦苇丛间的浅水掀起涟漪,

卷起细枝和漂浮的落叶,

把它们冲到小石头上。

落在湖面的光

倾斜,向后,向前。

湖水缓缓退去,

温柔地晃动。

谁解放了树木?想起来了。

我们曾在鸟巢里相遇。在我诞生以前。

黑毛叹气。

我们从未独自

登场。

1　boops,产于东大西洋的一种鲷,头大,口小,身体侧扁,背部稍凸,俗称"大眼"。

醒 来
(*1953*)

天神下凡

1

一朵云近了。浩浩荡荡的风飞快地掠过。
一棵树在水上摇晃。
一个声音说:
留下。留在渗出汁液的插枝旁。留下。

至爱的树,我说,我能在这儿歇会儿吗?
一阵涟漪是它温柔的回答。
我等着,狗一样警觉。
紧缠住石头的水蛭等着;
螃蟹,静静地呼吸的小东西也等着。

2

慢慢地,她来了,慢得像一条鱼,
慢得像一条游动的鱼,
在一道长长的波浪中摇摆;
裙子没碰到一片树叶,

白皙的双臂向我张开。

她来了,无声无息,
迈过潮湿的石头,
在傍晚温情的黑暗中,
她来了,
风撩动她的秀发,
明月升起。

3

一到早晨我就醒了。
凝望一棵树,感觉到石头的脉搏。

她在哪儿,我不停地问。
她在哪儿,山丘般曲线玲珑的姑娘?

明亮的白昼没有回答。
一阵风刮得捕捉苹果虫的蛛网颤动;
那树,那沉默的柳树,摇晃着。

献给简的挽歌

　　我的学生,她从马上摔下来

我记得她压住脖颈的卷发,卷须般柔软潮湿;
她敏捷的外表,侧面看小狗鱼般的微笑;
还有她令人吃惊的谈话,
轻快的音节为她跳跃,
而她在喜悦的思考中保持平衡,
一只欢乐的鹡鸰,迎着风,
她的歌声震颤了细嫩的枝条。
树荫随她一同歌唱;
树叶的低语变成亲吻;
晒白的河谷里,玫瑰遮住的土壤也歌唱。

哦,当她伤心,她藏得深不可测,
连父亲也无法找到她:
麦秸上擦破脸,
搅动最清的水。

我的小家伙,你不在这儿,
蕨类植物般等着,投出多刺的身影。
潮湿墓碑上的碑文无法安慰我,
与最后的光缠在一起的苔藓也不能。

我重伤的宠儿，我易受惊吓的鸽子，

要是我能用胳膊轻轻碰一下昏睡的你，多好。

面对潮湿的坟墓我倾吐爱的话语：

我不是父亲，也不是恋人，

在这件事上没有权利。

老妇人冬日絮语

抓住,抓住,——
我认识那个梦。
如今我的热情已经隐匿。
我的双眼被人遗忘。
行将就木,我抱住我最后的秘密。
哦,为了未来的某位吟游诗人,
一只鸟儿向着彼岸鸣叫,
上帝的精髓,说话,
兴高采烈,一道
仁慈温和的光,
落在明亮的石头上。
某处,蕨类植物和群鸟之间,
巨大的沼泽闪光。
我希望顶住猛烈的逆风
风在那儿汇集,
掠过我的眼睛,
一个老妇人
穿着鞋子疾走。
要是我只记得这些多好,
倒伏的白草,

一扇扇晃来晃去敞开的门，

还有那气味，那收割干草的时辰，——

那时我长叹一声，出门远航

上了一艘满载宝物的船。

美好的日子消逝：

漂亮的宅子，与它的

浓荫和鸟群一同摇晃的

高高的榆树。

我那么近地聆听

轰响的烟囱里细小的声音，

聆听最后的灰

从即将熄灭的余烬落下。

我变成小小种子的哨兵，

在自家花园里巡视。

石头移动，去哪儿？

去支撑道路。

收缩的泥土

被干燥的风刮得惊惶四散。

从前我迷恋自己的光彩，

孤芳自赏，

倚在岩石上，

我的头发披散在我和太阳之间，

波浪在我身边哗哗响。

我的双脚记得大地，

沃土举起我,
一会儿这样,一会儿那样。
我的容貌发出回响;
我对成长漠不关心。

如果我是小伙子,
我会尽情享受那一文不值的美好欲望。

阴影已空,这滑动的外表。
刮向僻静草场的风
半道上绕着屋子盘旋。
煤灰般的雪滴滴答答落在庄稼茬上。
我这肉身凡胎渴望上帝。
有人提醒我,活着,守着
乏味刺耳的循环的虚空
和透过南窗撒进屋里的烟灰。
很难留意墙角
和撕报纸的声音。
我日益陷入
自己的沉默。
冷空气中,
心
也冻得硬邦邦了。

写给约翰·戴维斯爵士的四首诗

1. 舞蹈

那让他以为宇宙也能哼曲子的
想象中的舞蹈正在慢下来吗?
只要力所能及巨轮就转动它的轴;
我需要一个地方歌唱,我需要舞厅,
我已允诺我的耳朵
我将歌唱,啸叫,与熊一同奔跑跳跃。

它们都是我朋友:我看见一头熊滑下
陡峭的山坡,踩着一块冰,——
也许是书上的细节?我骄傲地想:
关在笼中的熊不会用同样的方式
把同一件事重做一回:哦瞧它身子斜成什么!——
这畜牲牢记着,要快活。

我试着把自己的身影投向月亮,
这时我的血液跳跃,伴着一首无字歌。
舞蹈需要高手,我没有高手
教我让脚趾听舌头指令。

我学会的独自舞蹈
并非石头哀愁的转动。

我从名叫叶芝的人那儿窃得韵律;
掌握了,又还给他:
因为别的音调,别的胡乱的节奏
让我的心摇摆不定,干预我大脑。
啊,我对舞蹈着了魔,熊
和叶芝知道结果会怎样。

2. 舞伴

置身于动物和人的发情期之间
我发现自己陷入茫然。什么是欲望?——
这冲动是要让另一位圆满?
那女人会用湿草压住火焰。
我是至高愿望的奴隶,
还是空碟子里咯咯响的勺子?

我们以混合的舞步跳舞:
快活的死者教导我们满怀柔情。
谁能接受他那一团命运?
生机勃勃的大地上光变幻着光。

她使劲吻我,接着又干了别的。
我的骨髓像我的脉搏一样狂跳。

我会告诉我的舞伴:我们活着
超越躯壳。谁吹口哨笑话我?
我看见苍鹭在池塘里高视阔步;
我熟悉大象信奉的一种舞蹈。
所有活人都集合!暗示什么?——
笨舞伴让你做什么就做什么!

人们闲逛游荡。谁宽恕堕落者?
欢乐比狗跳得快。管它呢!管它呢!
我回吻她,却唤醒幽灵。
哦多淫荡的音乐偷偷钻进我们耳朵!
肉与灵精通寻欢作乐之道
在众神迷失方向的黑暗世界。

3. 幽灵

不可思议的恐怖和欢畅
与我们的行为如影随形。身前身后,
都是死者孤单的牧场;
灵与肉大喊着要得到更多。

在一个突然阴暗的日子，我和你
一同抗争我们自己的阴暗。

是否那场嬉戏中每一位都变成另一位？
她笑得我出来，又笑得我进去；
我们全力以赴，忙自己的事情；
当光环消退，我们在针尖起舞。
溪谷在花岗岩山下震动；
伟大的日子静静伫立，我们的灵魂向外敞露。

有个躯体，魅力袭人，——
上帝可怜那些人除了深陷淫荡的家伙，——
肉体能让灵魂显形；
我们注意到脚趾上的月光。
在气候多变光影斑驳的森林里
我们和明与暗嬉戏，像孩子一样。

怎样的幽灵发出淫荡的喊叫跳跃向前？——
是海兽和鸟类向着荒凉的海岸猛冲？
是空间用一声叹息赶走天使？
我们上升，迎接月亮，却没看到它。
是她又不是她，孤单的幽灵，
被光线刺穿，缓缓地旋转而下。

4. 守夜

但丁抵达炼狱山,
被隐匿的无瑕美德惊得战栗,
被超出他的期望的强力震撼,——
难道贝雅特丽齐[1]否认但丁看见的一切?
所有恋人都因渴望而活着并且忍受:
召来一个尤物,宣告其纯洁。

即使最后万物令人惊奇,
谁纵身一跳跃向天国?
我们的关系充满柔情;我们还在亲吻;
我们打开混沌为听到不可理喻的声音:
波涛从容涌来,苍白地向我呼告;
她的容貌是即将熄灭的星光中的黎明。

可见之物一片模糊。谁知道是在何时?
事物有自己的思想:它们是我的碎片;
从前我就那么想,如今这想法又苏醒;
全神贯注,我们朝无法理解的东西探过身去。
我们跳舞直跳到闪闪发光;面对默不作答
漆黑无形的暗夜尽情嘲笑。

世界赞成生机勃勃的人。他们是谁?

我们公然反抗黑暗,为抵达洁白和温暖。

当风拦住我,她就是风;

生命处于顶点,我在她的美色里死去。

从肉体升向灵魂的人对堕落了如指掌:

词语在世界前方跳跃,而光就是一切。

1　Beatrice,但丁笔下著名女性,在《新生》中被奉若神明,在《飨宴》献诗中受到贬抑,在《神曲》中成为引导但丁摆脱"群氓"的光辉女性。罗特克的妻子(他的缪斯)也叫 Beatrice。

说给风听
(1958)

丁基

哦**胡子**那儿什么天气?
在刮风,很怪,
等你相信那儿刮风天又晴了
——因为,有个**肮脏的丁基**。

让你出门顶着**暴雨**,
没带御寒衣物,
光脚踩到**虫子**
——没错,是**肮脏的丁基**。

当我穿过滚烫,滚烫的**平原**,
我看见让我悲痛的景象,
从前你问过,我要再说一遍:
——看着就像**肮脏的丁基**。

昨晚你睡觉了? **没**!
这房间还不到三十五年;
被单和毯子都已变成雪。
——他到家了:**肮脏的丁基**。

你最好留神自己做了什么。

你最好留神自己做了什么。

你中有他；他中有你

　——没准你就是**肮脏的丁基**。

奶牛

从前有头**奶牛**拖着**两排**大**奶子**。
直到今天,想起来就让我**毛骨悚然**!
你可以**拿命**打赌:她奶太多**一个人**挤不动:
只好一个**男人**和他**老婆一起挤**。

蛇

从前有一条蛇,被迫唱歌。

有一条蛇。有一条蛇。

他彻底放弃做蛇。

因为。因为。

他不喜欢他的同类;

他无法找到称心的妻子;

他是有灵魂的蛇;

在自己的洞里他没有欢乐。

当然了,他只好唱歌,

他唱了,像大家一样!

鸟儿全都,全都震惊了;

形形色色的方案提出来

阻止他可怕的喧闹:

他们买了一个鼓。他不乐意敲。

他们送给——你们总是送,——古巴

换到一个最好用的大号;

他们得到一个号角,他们得到一根长笛,

没一样合适。

他说,"看啊,鸟儿们,全都没用:

我不喜欢敲,也不乐意吹。"
接着他陡然发出几乎将
喉咙撕裂的可怕高音。
"怎么样,"他说,蛇眼斜视,
"我对我的歌唱事业可是当真的!"
当鸟群飞开,飞进下个周末,
森林发出带有无数尖叫的回响。

树懒

行动迟缓,无可**匹敌**。
你冲他**耳朵**问点事儿,
他能琢磨**一年**;

在他**开口**以前
还要翻个身(不像鸟),
他会假装你早已**知道**——

最叫人火冒三丈的**笨蛋**。
但你会说他那举止**自命不凡**,
他会叹气,**抱**一下他的**树枝**;

然后再次陷入**昏睡**,
依然用**脚趾**轻轻摇晃,
你这才明白他一点儿都不糊涂。

妇人和熊

小溪边,有个**妇人**走近一头熊。
"哦干吗那样捕鱼?
告诉我,**小溪**边可爱的**熊**,
干吗那样捕鱼?"

"我是大名鼎鼎的**比德利熊**,——
所以我这样捕鱼。
我们**比德利**一族是**皮-库利亚熊**。
所以,——我这样捕鱼。

"还有啊,好像有条**定律**:
最,最精准的**定律**
说一头**熊**
不敢
不敢
不敢
用**鱼钩**用**鱼线**,
也不敢用老**双股线**,
甚至不敢用**爪**,**爪**,**爪尖**,
甚至不敢用爪尖。

是的,一头熊只好用**熊掌**,**熊掌**,**熊掌**捕鱼。
一头**熊**只好用**熊掌**捕鱼。"

"哦,**棒极了**,你挥**腕**轻轻一击,
就能抓出一条鱼,抓出一条鱼,抓出一条鱼,
我要是鱼就没法儿抵抗
你,在你那样,那样捕鱼的时候,
在你那样捕鱼的时候。"

妇人刚说完,就在**岸上**滑倒
栽进**小溪**,手里抓着一块**板子**,
直到她**沉没**,**熊**只是坐在那儿;
继续那样,那样捕鱼,
继续那样捕鱼。

(以上 5 首选自 "写给孩子们的打油诗")

梦

1

我遇见她时她是花茎上一朵花,
尚未散发她的气息,那个梦中
大脑自更深的昏睡中想起:
眼睛向眼睛学习,冷淡的唇向色情的唇学习。
我的梦在火舌上裂开;
光,在我们栖身的水里变硬;
一只鸟低声鸣啭;月光进来;
水面起涟漪,她身子轻轻荡漾。

2

她在流动的空气中向我走来,
一个变幻的形象,被自身的火焰环绕。
我凝望我和月亮之间的她;
灌木和石头一直舞蹈;
当光线延迟,我便触碰她的影子;
我转过脸去,她还留在那儿。
一只鸟在一棵树的深处鸣啭;

她爱风,因为这风爱我。

3

直到变得脆弱,爱情才真是爱情。
她放慢脚步好叹口气,在漫长的间歇里。
一只小鸟在我们伫立处盘旋;
鹿从斑驳的森林里跑出来。
它记得并怀疑一切。谁在呼唤陌生的东西?
我扔出一块石头,听它落入水中。
她明白最轻微运动的原理,她
给了我力量,所以我才算活着。

4

她平衡自己的身子,稳稳地立在风中;
我们的身影碰在一起,缓缓旋转;
她将这旷野变成闪光的海洋;
我像孩子一样在火焰和流水中嬉戏,
在大海雪白的泡沫上东倒西歪;
像一根湿透的原木,我在火焰中歌唱。
在那个最后的瞬间,在永恒的边界,
我遇见爱情,我进入我自己。

所有的土地,全部的空气

1

我和耸立的石头站在一起。
石头留在原地。
缠绕植物迂回缠绕;
小鱼儿游动。
一道涟漪惊醒池塘。

2

这欢欣是我的命运。我活着!——
一个男子猫一样华丽,
树杈上的猫,
这时她散开秀发。
想起那个,我笑了。

3

用了所有的天真和才智,
她继续讨论我的欲望;
那会儿,野兽般懒散,
她在街上漫步,
而我开始交出我自己。

4

真正的美人儿,
她们的躯体不会撒谎:
花朵刺激蜜蜂。
大地需要深渊,
石头说,鱼儿说。

5

旷野在酣睡中退缩。
死者在哪里?我眼前
一颗孤单的星辰漂流。
一棵树与月亮一同滑行。

这旷野是我的!我的!

6

我潜藏在隐秘之地,
它被阴沉沉的黑暗笼罩。
唉,仅仅是一颗冷酷的心吗?
但是,与她面对面,
谁不是满心欢喜?

说给风听

1

爱,爱,我凝神于一株百合,
她比树更甜美。
爱着,我多情地
吞吃这空气:我呼吸;
我允许自己迷恋这阵风
因为我应该迷恋,
整体与孤单扯平,
葡萄树,我的兄弟,兴高采烈。

花朵和种子一回事?
伟大的死者怎么说?
亲爱的月亮女神是我的主题:
我晃动她也晃动。
"哦趁我活着爱我吧,
你,像我一样幼稚的人!"
我喊叫,群鸟飞来
将我的歌据为己有。

行动让我保持宁静:
她吻我,不假思索
按可爱的本质的指令;
她陷入迷途;我没有:
我停下,而光在她
激动的脖颈间落下;
我凝望,一块普普通通的石头
慢慢变成月亮。

浅浅的溪水无精打采地流淌;
风缓缓吹过,吱吱嘎嘎;
一只雏鸟用它的喙
冒出无法回应的
颤音;
眼睛深处的幻象——
我在一块石头中瞥见的那个女人——
当我独自漫步,她与我并肩前行。

2

太阳令大地显露;
石头在溪水中跳跃;
在宽广的平原上,比遥远

连绵的梦境更远,
旷野像大海一样破碎;
由于她的芳名,风也变得纯洁,
而我与风同行。

今天,我心心念念的是鸽子。
她身子弯向一边,一半在阳光中:
一朵玫瑰,轻轻松松挺立花茎上,
她华服窸窣作响,
她正要寻欢作乐,
满心欢喜迎接月亮。
无论我去哪儿她都乐意。

激情足够为胡乱的
快乐赋予形态:
我哀求欢喜:我熟悉
那根,那哀求的核心。
天鹅般的宝贝,宁静的野草莓树,
当时间不够,她就飞速行动:
爱情有事要办。

一桩好事变得更好;
这草地,青草发芽的草地
在上升的明月下

创造出一个更热烈的日子；
我微笑，我非草木；
我不是独自一人
承受这沉甸甸的快乐。

3

一阵南风将鸟儿
和鱼群刮到
北边，形成一道溪流；
锋利的群星高悬天穹；
我比风走得
更远，我在那儿，
古怪，心头充满了爱。

人们拥抱和坚信的
智慧，在何处找到？——
从前怎样，现在就怎样，
唱一首关于树的歌。
下边，蕨类植物的土地上，
流水般的空气中，我和我的
真爱同行，无拘无束。

我的心现在什么时辰？我想知道。

我珍爱我已拥有的

人世的一切：

我不再青春年少

而风与河流依旧年轻；

偏离方向者终将死去；

一切都将我引向爱。

4

长长的根茎的气息，

绽放的玫瑰

它羞涩的花瓣，

鲜嫩的，变了模样的叶子，

牡蛎渗出液体的吸附器官，

初现的星辰——

都是她的一部分。

她唤醒剩余的生命。

成为自己，我歌唱

灵魂转瞬即逝的欢乐。

光芒啊光芒，何处是我安息之地？

一阵风缠住一棵树。

一桩事已完成：一桩

她和我正在做

灵与肉一清二楚的事：

动物性的奴隶，她！——

我吻她闪避的嘴唇，

她黝黑狂欢的肌肤；

她让我喘不过气来；

她像动物一样嬉戏；

而我一遍遍地起舞，

一个多情愚痴的男人，

最后眼看着，忍受着自己

进入另一个生命。

我认识一个女人

我认识一个天生妩媚的女人,
当小鸟叹气,她会对它们叹气;
哦,当她走动,她真是仪态万方:
那模样唯有晶莹的容器方可容纳!
她美好的德性唯有众神或在
希腊成长的英国诗人(我听过
他们脸挨脸齐声歌唱)才能吟诵。

她如愿以偿!摸我下巴,
教我转身,向后转,站住;
教我触摸,触摸波浪般起伏的雪白肌肤;
我毕恭毕敬一点点吻着她递过来的手;
她是镰刀;我呀,可怜我是耙子,
为了她美好的目的尾随其后
(我们完成了多么惊人的收割)。

爱情如公鹅崇拜母鹅:
她噘起丰满的唇,捕捉移动的歌曲;
她飞快地吹,她轻轻地吹;
我的眼睛受到她光滑膝盖的迷惑;

她的几个部位能让人彻底休憩,
那被灵活的口鼻蹭得战栗的臀部也能
(她旋转,那些浑圆的部位跟着旋转)。

让种子长成青草,让青草变为干草:
我承受这非我独自完成的活动的折磨;
这般如胶似漆为什么?为了认识永生。
我发誓她的身影白如宝石。
而眼下谁会想到永生?
这把老骨头活到掌握她欢闹方式的时候:
(我通过看身体如何摇摆来测量时间)。

声音

我宣称,一根羽毛
是一只鸟;一棵树是一座森林;
在她的低语里我能
比凡人听到更多含意;
所以我站得远远的,
隐匿在自己心里。

而我仍然游遍
旋律飞去的地方,像鸟儿一样
它单薄的歌声悬在空中,
逐渐消失,却依稀可闻:
我与畅行无阻的声音活在一起,
在天上,在地上。

那幽灵是我亲手选定,
羞怯的,天蓝色鸟儿;
它用真诚的嗓音歌唱,
是我,听见
一个微弱的声音回应;
我听见;唯有我听见。

欲望令耳朵狂喜：
鸟儿，姑娘，鬼魅之树，
大地，纯净的空气——
它们温和的歌在我心中回荡；
漫长的正午没了脉搏，
像任何一个夏日。

她

我想寂静时刻是温柔的。我们接吻吗？——
我的女人笑了，欣然接受。
如果她只是叹气，鸟儿就会闭嘴。
她用一支可爱的歌建造孤独的空间。
她唱出一种轻柔悦耳的语言，我在
内在之耳长长的大屋下边听见了。

我们一起唱；嘴对嘴唱。
花园是一条河向南流淌。
她大声说出灵魂隐秘的欢乐；
她舞蹈，而大地调整她的方向。
她懂光的语言，从再度唤醒生命
生机盎然的事物中获得养分。

我在共同度过的时光中感觉到她的仪态，
在那撑开所有眼睛的冷漠黑暗里。
河水流动，她也流动，向我走来，
保持从前的样子，又被将要成为的人吸引。

那一位

在我有生之年,她是谁?——
用她的**外形**折磨我,
轻轻举起
下唇:无叶的嫩芽;
如果我贴得太近,
谁恰好让我心仪?

她是我变成的吗?
这是我最终的**外貌**?
我处处都能看到她;
她出现,一次又一次——
我用鼻子碰脚趾;
自然有太多奥秘,无法了解。

谁能出其不意俘获一个人?
谁能在自己身上唤醒爱情?
一个懒洋洋生来精通的人,
我伸出,我伸出整个**舌头**。
她动弹,我狂爱:
完美的运动。

一个孩子用同样不经意的
眼神瞥了篝火一眼：
我深知她漫不经心的那一套！——
欲望躲开欲望。
一天天老去，有时我会哭，
却在睡梦中笑。

爱用警句的男子

1

灵魂和自然的心跳,在同一个胸腔里——
我看见一只雌虫尘土中翻滚——
蛇的心脏承受冷酷的石头:
我的迂回找到了方向。

洋洋自得于姣好容貌,必然跌倒;
真正的色鬼迷恋肉体,只爱肉体。

2

我们从未逃出肉体。年轻时,谁做到了?
一朵火焰自动跳跃:我认识那火焰。
某种狂热救了我们。而我是否狂热太久?
灵魂知道肉体必然枯萎。

梦是让人想起她面孔的一个瞬间。
她将我从冰变成火,从火变成冰。

3

小小波浪重复心灵的缓缓肉欲的游戏。
我浑身活力,游刃于时间内外,
倾听灵魂最微弱的呼喊;
漫漫长夜,我安睡在她的芳名里——

仿佛一头狮子跪下来亲吻玫瑰,
惊愕,进入情欲支配的睡眠。

4

万物皆在运动,此刻何人经过?
残留的影像从未凝固。
有一处灌木丛,我到那儿去死,
奋力穿行,大腿和脸刺得火烧火燎。

但我最轻微的动作变成一首歌,
躯体每部分都为一件妙物战栗。

5

一阵狂喜攫住我们全部的生命:
有时我会为自己的强壮高兴;
当我亲吻妻子我是在体验我的姐妹;
当我交上好运我就去享受美酒。

酒鬼酗酒,边喝边打嗝。
如此炽热的激情制服了永恒。

6

痛苦是一个许诺? 我对它训练有素,
我已识破能识破的所有欲望;
当我独自陷在声音和烈焰中心
我为我像的那个东西哭泣。

我了解最深处石头的悸动。
每个人都是他自己,每个人都是所有人。

7

烦透了操心街坊的灵魂;
年复一年,朋友们变成地道的基督徒。
小小水流奔向烂泥洞——
那不是我讥笑的事情——

因为河水流淌直到它被纯净,
而孱弱新郎被新娘变得强壮。

纯洁的怒火

1

僵死的知识缺乏深度——
唉,博学的人,哪本书道出我的真心?
恐怖之夜我什么都没读,
因为每种意义都毫无意义。
早晨,我用第二视觉看世界,
仿佛万物已死,又再度复活。
我碰碰石头,它们披着我的皮肤。

2

纯洁的人仰慕纯洁的人,孤单地活着;
我爱着一个女人,她有一张空虚的脸。
巴门尼德在适当的位置安放了虚空;
她想思考,而它再度逃逸。
黄金分割的变化多缓慢:
伟大的伯麦让一切都在**是**与**否**中扎根;
有时我爱人也能勉强读通纯粹的柏拉图。

3

渴求孤寂是多么可怕:
对生的眷恋如此贪婪
男人只是在自己屋里来回寻觅的畜牲,
一头呲着獠牙的畜牲,渴望自己的血,
直到找到从前他差点儿变成的那东西
这时纯洁的怒火首次在他头脑中肆虐
而树木携带稠密的浓荫越逼越近。

4

梦见一个女人,死亡之梦:
微风夺去我生命的呼吸;
我面向白色,它变成灰色——
何时那畜牲归还我的呼吸?
我活在地狱旁。我希望留下
直到看见更亮的太阳
在漫漫长夜浓重阴影莅临的时刻。

新生

1

我们渴慕哪种荣耀？灵魂的运动？
在我想象的王国里
人马怪和西比尔蹦跳歌唱：
这是永恒的证词。
我教我的叹息延展为歌唱，
像一棵树，忍受情形的变迁。

2

夜风刮起来。我父亲还活着？
黑暗悬在灵魂之河上方；
我的肉体比一堵墙呼吸得更慢。
爱改变了一切。爱，没让我的天性流血。
这些水让我昏昏欲睡，
我漫步仿佛我的脸想亲吻风。

3

自我猝然的新生——源自何处?
一个新鬼吸我脊髓；
你知道我爱,却不知道自己身在何处；
我亲昵地触摸黑暗,触摸午夜移动的空气。
这迷途的自我会再次被发现? 活力充沛?
我走遍暗夜好让我的五种智力暖和起来。

4

枯骨! 枯骨! 我重又获得恋爱的心,
光亮调到这样的强度
我看见碎石铺开
似乎现实已分裂
灵魂全部的运动暴露无遗:
我重又获得爱,而我无处不在。

色鬼

"动弹不得，"她说，
　　"你把我钉这么紧；
我头发全缠在你头上，
　　我后背受了伤；
我感到我们在窒息；
　　天使啊，松开我！"

而她是对的，因为就在
　　杜松子酒和香烟旁边，
站着一个女人，纯洁如新娘，
　　震惊于她的妙语，
呼吸沉重，当那个男人
　　在她可爱的乳峰间驰骋。

"我的肩被你咬住，
　　那是什么怪味道？
不管谁在下边，
　　反正都是畜牲。"
那鬼家伙吸气，
　　冲着墙战栗；

裹在破破烂烂的殓袍里,
　　蹑手蹑脚穿过大厅。

"床开始自动震颤,
　　我恨这摇笔杆子的好色家伙;
要是我们再干,我的脖子
　　肯定会断,哪怕心脏还行,"——
两个人软得像麻袋,
　　退回人的世界。

爱的进程

1

我们敢尝试所有可能的事情!
哦罕见的亲密!——
我细看过了,找到
一张难舍难分的嘴。
伟大的神将我的身子弯成一张弓。

2

长长藤蔓
爬满一棵树;
光芒跨过玫瑰;
一个女人在水中赤裸,
我知道她在哪儿。

3

真的,她可以想象一只鸟儿

直到它开始在她眼中盘旋。
爱我吧,我的狂暴,
我的精神之光,超越
爱人容貌的光。

4

这是落在耗子、兔子
和鹧鹕身上的午夜;
干柴以烈焰歌唱。
父亲,我远离家乡,
没到达任何地方。

5

稠密的黑暗紧抱住我,
所有的鸟儿变成石头。
我害怕我个人的欢乐;
我害怕旷野里的自己,
因为我会淹没在火里。

阴郁的家伙

1

当爱人令我心碎,
我去搁架上拿威士忌,
警告邻居不许笑。
请了保姆,却要自己受累。

2

鬼魂冲着鬼魂喊——
谁吃这一套呀?
我最怕的是那些
蓦地站起的幽灵。

悲叹

阴郁的日子过去了,
我想着那些怪邻居;
到底还是毫无变化。
我那永恒的
向内的幸福在哪里?
我缺少坦诚的温情。

将我引向上帝的
学问在哪里?
不在肮脏的路上
也不在十一月末
雾霾弄出的暗淡无光的下午。

从前我与深深的根茎共存:
是否忘了它们的绝活——
地衣渐渐
将石头整个儿抱紧?
死亡是更深的昏睡,
我很高兴入睡。

天鹅

1

我设计出一种阴郁的外貌：
她的形象枯萎，却未消散——
非得被那快活的秀发缠住吗？
难道就无法逃出热血的控制？
干燥的灵魂最聪慧。哦，我不干燥！
我爱人热衷的事情，我永远不会做：
她为我的苍白叹气，一个雪做的苏格拉底。

有关未来，我们想得长远；
我活着，公牛般生机勃勃，确定无疑；
一个偶然的人，操着偶然的言辞，
用鸣啭回应每一只鸣啭的鸟儿。
我，一个生机勃勃的人，必将离开所有的光。
一看见一丝不挂的她，我就变成
父亲的儿子，我就变成约翰·邓恩。

2

月亮从海岸拖回它的流水。
我在湖边看见一只银天鹅,
正是我想要的。软风吹拂,
惨败的对手弯腰——
歌唱缔造一切的乌有,
或聆听寂静,像个神。

回忆

1

在梦的缓慢世界里,
我们一起活着。
外部世界内核已死,
而她只知道我活着。

2

仿佛要离去,她变成
半鸟,半畜。
风在山上停了。
爱是一切。我知道爱是一切。

3

一头母鹿在溪边饮水,
一头母鹿和它的小鹿。

当我追随它们,
青草变成石头。

(以上16首选自"情诗")

"闪光的邪恶"
——露易丝·博根

下雨天,所有的树佝偻;
鸟儿在树上瑟缩:光之海波浪汹涌;
孤立之物——滑入视线;
每种幻象纯粹,纯粹是自己:
——没有光;根本没有光:

远离镜子,所有的灌木被大雪
压得吱吱响;斜靠荒凉的中心;
寒冷的邪恶闪光,比琴弦更紧;篝火
低下去:我仅仅是我。
——没有光;根本没有光:

每个针插都有让人插针的地方,
纯洁的愿望被混乱的怒火刺痛;
希望的神圣之腕:热烈的男孩
大声抱怨生命短暂,悬空。
——没有光,根本没有光。

哀歌

1

人人都会像我经历过的一样,
总有理由去犯必不可少的罪;
我给了自己沉甸甸内心的悲苦
——上帝也未必能承受。

2

每个人都要他死:我确信是这样;
落入另一种命运,你太凄凉。
我给了自己沉甸甸内心的悲苦
——基督,有把握,定能承受。

3

我也一样;这些理由会突然爆裂,
我了解我自己,我的季节,**我了解**。

我让自己皮开肉绽给人们看；
上帝会相信：因为恐惧我才到这里。

4

我愿相信你比这些都活得更久：**酷热，
创伤，风暴，洪水，人之命运的摆动**；
我给了自己沉甸甸的悲苦，我承受
那位上帝那位上帝俯身用**他的**心，听。

畜牲

我来到一扇大门跟前,
门楣高悬
嘎嘎响,满是悬钩子和荆棘;
当它转动,我看见
一片草地,茂盛,碧绿。

一头巨畜在那儿嬉戏,
漫无目标的好色家伙,
它犄角的一块碎片,
周围是小块蕨类植物。
它看着我;它盯着。

歪歪倒倒,我迎着它的目光;
踉踉跄跄;再次起来;
起来也只为蹒跚,倒下,
辛苦,我躺在布满沙砾的
门槛上;我在那儿萎顿。

等我再次让自己站起来,
那硕大的圆眼睛不见了。
巨大茂盛的草地静静地展现;
我在那儿哭,独自一人。

歌

1

我碰到一个衣衫褴褛的男子；
我想看着他眼睛而他
鼻孔朝天。
我对你做了什么？
我哭泣，后退。
尘埃在角落扬起，
一堵堵墙向远处伸展。

2

我顺着一条路跑下去，
在一个布满凄凉石头
和一堆堆破玉米的乡村；
停下来歇口气，我躺进
光秃秃旷野边缘的虎耳草
和蕨类植物里。
盯着地上一道裂缝

四周尽是碎土:
螃蟹的老窝;
盯着,开始唱。

3

我给那一直在下边湿乎乎
洞窟里的家伙唱:
我用粗俗的曲调求爱;
你会说我疯了。
一阵风吹着我的头发,
脸上汗如雨下,
这时我听见,要么以为听见,
另一位小声地跟我一起唱
孩子的声音,
近在眼前,遥不可及。

嘴对嘴,我们歌唱,
我嘴唇压在石头上。

驱魔

1

灰羊来了。我跑,
我的躯体几乎着了火。
(花卉之父,谁
敢直面自己的本相?)

仿佛纯粹的存在惊醒,
尘埃爆起,开口说话;
一个身子在云端喊叫,
冲我的肉体大声喊叫。

(而我不在那儿,
穿过长长的回廊,
我自己的东西,我秘密的粗话
在小便池里潺潺作响。)

2

昏暗的林中我看见——
我看见我的一个个迥然不同的自我
从叶簇中跑出来，
淫荡，渺小，漫不经心的生灵
在石块下急速逃走，
或掉转方向，但不会离去。
我刺激我的脊柱让它亢奋，
刺激，再刺激，
一个令人寒心的猛烈的男人
扭动身体直到他神秘
生命的最后行为
与死亡的残渣一同倒下。

我仅仅是，我自己。

我被那下贱部位击垮，
呼吸越来越弱，
冰冷，在我自己拼死刺激的过程中。

小东西

小鸟们迂回盘旋；
蝉在高处唧唧叫；
红眼雀啄土；
我凝望第一颗星星：
我的心紧攥住它的欢乐，
整个九月的时光。

月亮趋于圆满；
月亮缓缓落下；
森林变成一堵墙。
遥远的事物逼近。
一阵风掠过青草，
然后一切复归从前。

是什么羊齿植物中沙沙响？
我感到我的肉身裂开。
迷失在昏睡中的生灵返回
仿佛用我的肋肉做成，
走过湿润的土地，
不发出一点响声。

小小的幽灵打盹：我活着
为了向可怕的小东西求爱；
我爱着青草中动弹的家伙——
死者仍旧不会躺下，
万物把光洒在万物上，
所有的石头长出翅膀。

夏末漫步

1

一只鸥鸟在梦的层层涟漪上航行,
白色上的白色,缓缓停在一块石头上。
穿过我的草场,软脊背的生灵来了;
昏惨的光线中它们漫游,各走各的。
把那温顺的带到我这儿,我熟悉它们的脾性;
我是鉴定黑眼睛的高手。
小东西!小东西!我听见漫长的河岸,
柔和的夏日空气中,它们清晰的歌唱。

2

那儿,那留给灵魂去理解的是什么?
忧郁虚空的无精打采的面孔?
风渐渐停了;我的意志与风一同消散,
上帝在那块石头里,也许我还没成为人!
灵与肉在一切表象坍塌之前
超越了它们;
我一点点死去,因衰败而热烈;

我的时辰徘徊——那是永生。

3

一朵迟开的玫瑰劫掠了漫不经心的眼睛,
一团生命的火焰在中心的茎梗上。
它依靠我们去消除仅仅
活在时间王国的假象。
万物向必有的尽头移动——
世间恋人全都明白。
鸽子煞费苦心去赶上的路径
提醒我我正和岁月一同死去。

4

一棵树出现在中心的平原——
这不是变化的戏法,不是偶然的光。
一棵树被风雨侵蚀得没了形,
一棵树被模糊了我视线的风刮得精瘦。
长日逝去;我独自漫步林中;
山脊那边两只林中鸫鸟整齐地歌唱。
成为生命中的喜悦,要及时。
黑夜包围我,稳得像一团火焰。

蛇

我看见一条年轻的蛇
滑出斑驳的阴影
绵软无力挂在石头上:
薄嘴唇,芯子
停在寂静的空气中。

它掉头;离开;
影子弯成两截;
它加速,然后消失。

我感到我迁缓的血发烫。
我渴望成为那东西,
纯洁,敏感的形体。

也许哪天,我真变成那东西。

蛞蝓

小时候我多喜欢你这样的！——
身上银条纹，背上驮着小房子，
踏上绕着井栏的缓慢旅程。
我盼望像它，并且
以我的方式，成为泥土
的表亲，我的膝盖擦着
砂砾，我的鼻子比它还湿。

当我轻轻地在黑夜里滑行，
我知道这不是一片湿树叶，
而你，松开古老生物的脚趾，
冰冷的黏液获得生命，
一个肥胖的，五英寸的附器
在湿漉漉的草上慢慢爬过，
吃着我花园里溜出的灵魂。

而你拒绝体面地死！——
向上飞跃，穿过我那一片片冒着水汽的
北美鳗或生牡蛎般的割草机刀片，
我怒冲冲快步走过去处理，

最后在擦鞋垫上把你踏碎,挖出来,

小小碎片黏在鞋底;

要么就是中了毒,小径上拖着一坨白色分泌物——

从合适的角度看,漂亮,像水银——

你缩成更小的东西——

雨水打湿的苍蝇或蜘蛛。

我确定,有一次或另一次,我是一只蟾蜍。

我为成为蝙蝠、鼬鼠和虫子的亲属而欣喜。

我甚至会爱毛毛虫和形形色色的害虫。

至于你,最丑的家伙——

也许布莱克称你为圣徒?

(以上 9 首选自"声音和造物")

垂死之人
——纪念 W. B. 叶芝

1. 他的遗言

我听见垂死之人
对围在身边的亲人说,
"我的灵魂挂在露天,风干,
如腌鱼之皮;
恐怕我还会用上它。

"已逝的会再来;
肉体遗弃了骨头,
而一个吻绽放了玫瑰;
我明白,如垂死者一样明白,
此刻才是永恒。

"人死便会看见
死亡的可能性;
我的心与世界一起动摇。
我就是那最后的生灵,
一个学习歌唱的男人。"

2. 什么是此刻?

陷入垂死的光,
我想象新生的自我。
我的双手变成蹄子。
我穿着从未穿过的
铅制的衣服。

地区为它们的死者激动,
泥潭,湿透的林子,
提醒我旺盛地活着。
正当迫在眉睫的年龄
我是笨手笨脚的家伙。

我焚毁肉身,
在爱情中,在生机勃勃的五月。
我调转目光望着
别的身影而不是她的
此刻,窗户一片模糊。

在最可怕的我的欲望之夜,
我敢怀疑一切,
我会把同样的事情再来一遍。

谁在打门?

他的到来是可期待的。

3. 墙

一个亡魂从无意识的心灵[1]里出来

摸索我的窗台：抱怨将来的新生！

背后那家伙不是我朋友；

搭在我肩上的手变成动物的犄角。

干活时我感觉到父亲,

仅仅为了在微不足道的黑夜摆脱我自己。

尽管所见事物的枯燥边界拒斥它,

怎样好色的目光才能让一个形象保持清白,

当你倚在窗台上迎接黎明？

缓慢的成长无比艰辛, 难以忍受。

挣脱黑暗阴影的人们胡言乱语,

所有的色欲之爱都是在坟头起舞。

墙已进来：我必须爱它,

一个疯子瞪着永恒的夜晚,

一个精灵冲着可见之物大怒。

我独自活着直到我的黑暗变得明亮。

黎明在白色栖居之处。当太阳背后
藏着炫目的黑暗，谁还能认出黎明？

4. 狂喜

从前我喜欢一棵孤单的树；
自由的风推着我孩子一样奔跑——
我爱这世界；我渴望比这世界更多的东西，
或心灵之眼的残留影像。
肉体向肉体求援；骨头喊叫骨头；
我隐匿于这个生命，独自一人，又并非仅仅我自己。

那痛苦重又开始的人是一个神吗？——
我眼看父亲光着身子，正在缩小；
他转过脸去：那儿另有一人，
走在边缘，喋喋不休，无所畏惧。
他像一只鸟，在无鸟的天空抖动翅膀，
敢用目光盯住任何地方。

大鱼吃小鱼，各取所需：
我的仇敌复活了我，我的脉搏
在无忧无虑的孤寂中越来越慢。
我露出伤口，我敢给自己放血。

我想到一只鸟,它开始飞。
每天我都濒临死亡。

所有狂喜都是一桩危险的事情。
我看见你,爱人,我在梦中看见你;
我听见蜜蜂喧闹,棚架嗡嗡响,
缓缓的嗡嗡声上升,变成歌唱。
一个生命仅仅是一个生命:我拥有大地;
我将用我的死亡解放所有的垂死者。

5. 它们歌唱,它们歌唱

女人都喜欢在即将熄灭的星光中起舞——
月亮是我母亲:我多么热爱月亮!
她从她那儿出来,一轮海豚月亮,
然后下沉,退入阴影和漫漫长夜。
一头野兽尖叫仿佛它的肉撕裂了,
那尖叫将我带回我的出生地。

谁认为爱仅仅是心灵的一种活动?
我不过是无,倚着一个有?
我会用叹息惊吓自己,否则我就会歌唱;
下降,哦,最柔的光,下降,下降。

哦,远方亲切的旷野,我听见你的鸟群,
它们歌唱,它们歌唱,依然是小三度和音。

我拥有独自鸣啭的云雀的歌儿响应它们:
可见之物退去;永恒是我们所熟知的!——
永恒被阐释,被麦秆铺盖,
石头下边暴怒的蛞蝓。
幻象变化,又不变。
在对天堂的崇拜中,我畏惧我所是的那个玩意儿。

当我们担忧死者或爱人
绝顶的边缘依然令人胆寒;
在光的尽头就连想象
也无法获胜:他敢活着
不再做一只鸟,却依然拍动翅膀
对抗广袤无边的虚空。

1　the unconscious mind,也有"失去知觉的头脑"的意思。

第一沉思

1

爱情令人生厌的日子里,
野草在旷野边缘嘶嘶响,
微风发起寒冷的控诉。
在别处,在屋里,连桶都是悲哀的;
这时石头在昏暗的山腰一块块松动,
一棵树连根歪倒,
一道路堤崩塌了。

精灵动身,并不总是向上,
动物去北方觅食,
页岩在山麓滑下一英寸,
萧瑟的风吞噬虚弱的高原,
而太阳把欢乐带给某人。
那仅仅是外表,内心却痛恨生命。

能熬过死气沉沉的时日活下去吗?
我已变成一块古怪的肉,
紧张,冷淡,鸟儿般偷偷摸摸,长了胡子,

脸软得像猎狗的耳朵。

余下的轻如一粒种子；

我需要一个老太婆的见识。

2

乘车时，我常常想起自己——

孤身一人坐巴士穿过西部乡村。

我在后轮上方，那儿颠得最凶，

将近午夜，我们一路摇晃趔趄，

车窗倾斜，冲着天空，感觉在过一处小山冈，

又冲着下边，摇摇晃晃像一艘小船从浪尖往下俯冲。

一路上，我记得都一样：

晃几下，又向前移动，

有那么一会儿我们全都陷入孤独，

各忙各的，

烂醉的大兵，带着胡椒薄荷的老妇人；

我们停下，我们停下，有个东西一次次转弯

逼近，一辆辆卡车

从最后一段山地冲下来，

这些黑黢黢的家伙转瞬即逝；

气流在我们之间啪啪响，

在结霜的窗户上砸出尖厉的声音，
而我仿佛在后退，
最终是后退。

  两只麻雀唧唧叫，一只在温室里，
停在排气管上，喉咙不停地扯动，
另一只在户外，在晴朗的天气里，
一阵西风刮来，所有树木都撼动。
一只先唱，另一只跟着唱，
歌声跌宕在玻璃上方下方，
下边，汉子们在尘土中推车冲向水泥工作台，
满载的手推车吱吱嘎嘎，歪向一边，
底座脱出滑道，木板蹦得老高。

旅程内的旅程：
车票放错地方，要么就是丢了，门是
进不去的，而船总是从
东倒西歪的木制码头驶出，
孩子们挥手；
或者两匹马在雪地猛冲，缰绳缠在一起，
大雪橇在它们身后疾驰，东倒西歪，
猛转弯，冲上陡峭堤岸。
有那么一瞬它们站在我头顶，
黑皮战栗：

然后蹒跚向前,

冲下一道山坡。

3

当淤泥移动,通过泥泞的池塘,

在水草和沉没的枯枝上布置了许多水珠,

一只螃蟹,犹犹豫豫,在横越水底前弓起身子,

奇形怪状,笨拙,一对鼓突的眼睛什么都不看,

只盯着不成对的触须上的水泡,

身体后部和细腿慢慢向后滑——

于是精灵又去谋求别的生灵,

别的道路和地点,好在那儿逗留;

或逆流游入浅溪的一条疲惫的鲑鱼

钻进逆流的漩涡,一个布满沙砾的水湾,

一次次撞在木棍和水底石头上,然后掉转

身子,回到小小的主河道,回到湍急的棕白色河水,

依然向前游——

我猜,这是精灵在旅行。

4

我已步入隐蔽荒凉的

孤寂之地；烟雾弥漫的城市周边遗弃的土地。

它在远方，从未像路堤一样崩溃，

从未像玫瑰一样怒放，也没在加勒比海上空展开翅膀。

没有通缉犯的画像糊在墙上：

唯有尘埃在洁净的门厅里，

黑乎乎脱落的头发，棉绒和蜘蛛的警报，

葡萄树变成灰色，变成美妙的灰尘。

看不到劈开的树，也看不到老鹰扔下的羊羔。

依然有时辰，早晨和夜晚：

蔚蓝，在高高的榆树上，

单薄，醒目，像一只蝉，

远处的北美鹟正在歌唱，

拉长的、哀恸的歌曲一路传下去，

漂过叶簇，橡树和槭树，

夜鹰沿着冒烟的山脊飞，

这孤单的鸟儿叫啊叫；

一阵飘过潮湿沙砾的烟气提醒我；

一股冷风刮过石头；

一朵火焰，热烈，清晰，

在干枯的豆荚上嬉戏，

掠过庄稼茬,忽明忽灭,

越过田野

却不将它点燃。

  这样的时辰,没有神祇,

  我依然快乐。

她的形成

1

我已学会悄然坐下,
看风在小鸟脊背上吹出涟漪,
与沙地上的沙蚤一起唧唧叫,
我的形体变化无常——**是的!**——
一只发狂的母鸡在黑夜遥远的一隅,
依然喜爱赤裸无毛,
在阳光下,忙于应付一具年轻的身体,
在雨中,在夏日的旷野休息;
在我脑海深处,我和急流一起奔跑,
我的胸脯波浪般野性难驯。

  我看见一个人影被爱点燃,
  轻得像落在石头上的花瓣。
  用肌肤上的皱纹,我歌唱,
  大气安祥,土地蓬勃,
  大地本身就是一首歌。

我的守候多甜蜜。我是一只鸟吗?

柔软啊柔软的雪花没有落下。一粒种子是什么?

一张面孔在蕨类植物中漂浮。残废的众神还在行走吗?

一个声音不断在我过早的昏睡中升起,

一个蒙住的声音,一阵低声而甜蜜的汗津津的喧哗。

我敢拥抱我心中冒出的幽灵吗?

一个精灵孩子般在我面前嬉戏,

一个嬉戏的孩子,一只被风撩拨得癫狂的鸟儿。

  灵魂屋宇溜出的幽灵?

  我一直待在原地。

  百合花沉思。谁掌握

  摆脱玫瑰的方法?

2

是我们梦寐以求的海吗?这毫无变化的沉睡?

我用左耳听见一个未成年者訇然倒下。

昨晚我梦见有关秩序的更时髦的原理;

今天我吃着平常的阴影的食物。

我敢再次说话,用千篇一律的伟大颂词,

用蒙昧之心原始无序的语言?

我还能从睡眠中窃取什么?

我们在黑暗中出发。痛苦对我们小有教益。

我无法在燃烧着沥青的弹坑里笑,

无法像昆虫一样过危险生活。

可怜的人也有智慧?只有稀稀拉拉几个可怜的人赞颂上帝。

躯体无法藏起我们,我们孤寂凄凉的小屋也不行。

我了解对立事物间非肉体的冷淡的吻,

毫无生机的压抑的外表——

机器,机器,毫无爱意,如此短暂;

冰冷的义务的陈尸所里残废的灵魂。

3

当现实靠得更近,还有时间:

在旷野,在现实空间,

我小心翼翼走着,像一匹刚刚上了蹄铁的马,

一个吵吵闹闹原始的姑娘

在潮湿的石头上给我让路。

我开始跑——

跑在自己前方,

穿过旷野,跑进小树林。

我停在那儿,直到白昼焚烧殆尽。

呼吸越来越困难。我像畜牲那样谛听。
我听到的是石头？我凝望不变的星辰。

月亮俯瞰下界，纯净的伊斯兰形象。
微风慢了下来：既非夜晚又非白昼。
所有自然的形态都变成象征。
唯一活在天国眼中的生灵，
我脱掉衣服，让恶魔缓和下来。
然后我再次跑。

  我这是去向何方？何方？
  我这是从哪儿来？
  我向可爱的狐狸，向鹧鸪——
  我向它们大声喊出我的生命。

我的宣告在小鸟们中间掠过；
寂静变成一个生灵；
回声耗尽自己；
现场缩成一枚针。

我的欲望死了吗？我死了吗？
我对叹息说再见，
对蟾蜍说了一次，
对青蛙说了一次，

又对我松弛的大腿说了一次。

谁能信赖月亮?
我看见! 我看见! ——
圆周线! 神圣的圆周线!
一个通体燃烧的小地方。

走开,走开,你们,隐秘的畜牲,
你们小鸟,你们西部的小鸟。
有人追逐火焰。有人追逐。
我的生命比你们更充沛。

怎样的恋人还在歌唱?
歌唱前我叹气。
我爱因为我是
一个有名有姓全神贯注的东西。

4

去问麦秆中跳跃的老鼠吧——
我对同伴很温和。
一个没有影子的人影,几乎是空无,
我在完美的震颤中忙碌,像一把锯子。

一个庄严独特的疯家伙!——
鸟儿般扑食,鱼儿般跳跃,我活着。
我的身影在变幻的溪水中稳如磐石;
我活在大气中;无尽头的光是我的家;
我敢拥抱石头,旷野是我的朋友;
轻风吹来:我已变成风。

我能对我的肉身说什么?

1

生手,
永远的生手,
灵魂不知该信什么,
在它懒洋洋蠕动的小褶皱里,
在它生命的最小部位,
一种胜过空无的脉搏,
一种可怕的无知。

  月亮沉落前,
  我敢像一棵树那样闪光?

在一个总是傍晚的世界,
在缓慢的风循环的气味中,
我倾听野草晚祷的哀鸣,
渴望永不莅临的神灵。
朦胧的形象让我畏惧:
心中看见的自然物体的舞蹈,
直觉的光辉,真实的麦秆,

爬下明亮墙壁的影子。

  一只寂寞的鸟儿唱起
  一首单薄刺耳的歌。孩子的白昼结束了。
  我们和悲哀的动物多像!
  我需要一个水塘;我需要水坑的宁静。

哦我的肉身,
当心那些无止境的开头,
它们让灵魂的质地变得稀薄;
当心天鹅对暗下来的海岸的恐惧,
当心这些贴着我肌肤跳动的昆虫,
当心一棵盘旋向上的树唱出的歌曲。

  猛烈的风,难以觉察的风,
  吹得树叶猛翻过去的狂风,
  一根暴怒鞭打的藤蔓,
  一个追猫的男人,
  拿把破伞,
  柔声柔气地叫。

2

要说一切都好,谈何容易,
最坏的情形正要出现;
向自己求爱是悲惨的,
无论姿势多美。

    可爱的心,我能说什么?
    当我是一只云雀,我歌唱;
    当我成了虫子,我被吃掉。

    自我说,我存在;
    心说,我无关紧要;
    精神说,你什么都不是。

雾霭涂改岩石。我能对我的肉身说什么?
我的欲望是洞穴捕获的一阵风。
精神向这些岩石宣告自己。
我是一块小石头,在页岩中松松垮垮。
爱是我的伤口。

宽阔的溪水出发,
池塘重回平滑如镜的寂静。
上帝在我身上的事业——不在了?

这些肉身还活着？我能跟它们活在一起吗？
母亲，我们大家的母亲，告诉我我在哪里！
哦，应该从理性世界获救，进入纯歌王国，
我的面孔充满热情，靠近一颗星星的锋芒，
博学而敏捷的姑娘，
绝非枯燥地迷住，
而是惊人地疯狂。

  试图变得像上帝
  只能是痴心妄想。
  哦，但我探索，我关切！

  我在自己的黑暗里动摇，
  心想，上帝需要我。
  死去的爱就是尚未诞生的爱。

3

迎风的野草枯死了。
万物变化多缓慢。
存在竟敢使灵魂不朽，
秋歌是天光的一道楔子。
我听见群鸟心跳，翅膀啪啪响

飞入下弦月；
石头之间，赤裸裸光的语言。

我想起哪个更大的允诺？
我从大桶旁走过，桶里的水轻轻摇晃，
我不再迫切要求煤渣里现出一片绿色，
不再梦见死者和他们的窟窿。
仁慈无所不能。

我宁要长满鳞片的蛇，不要顶着犄角的恶魔；
受了蛊惑，我很少请求忠告；
臭烘烘的囚犯，我宁愿吃喝不愿祈祷。
我已摆脱面对面的阴郁的舞蹈。
风与我的愿望一同晃动；而雨护佑我；
我活在光的尽头；我向所有方向伸展；
有时我想我同时是几个人。

太阳，太阳！我们都能变成太阳！
奔向月亮的时机已经成熟！
在直达远方的旷野，我走出父亲的视线；
摆脱我骨髓最深处的神秘；
我的精神与上升的风一同上升；
我浑身披满树叶，温柔得像鸽子，
我把自由当作一种临时的许可——

我寻找我自己的温和；

长久的凝望后我恢复我的柔情。

午夜时分我爱一切活着的生灵。

谁接受来自天上的黑暗？

我和别的生命一起被打湿。

是的，我走了，我还在。

我模模糊糊想起的东西，现在清楚了，

仿佛被一个精灵或超出

我的力量解放。

未曾祈求的，

最后的。

（以上3首选自"一位老妇人的沉思"）

我在！羔羊说
(*1961*)

鲸鱼

从前有一头最可怕的巨鲸:
他身上没皮,他不长尾巴。
使劲喷水时,这了不起的傻大个儿
顶多晃一下他的脂肪。

牦牛

从前有一头最丑的**牦牛**

只许蛤蟆趴他**背上**：

倘若你要求骑一下，

他会很**恶毒**，

飞快地跑开，这叶克忒[1]的牦牛。

1 原文为 yicketty，一个无意义的拟声词，这里用音译。

毛驴

从前我有一头**毛驴**,样样都好,
它总想玩我的**风筝**;
每次我让它玩,**风筝线**都会断。
我相信,你的**毛驴**没那么捣蛋。

椅子

说到**椅子**,可笑的是:
难以确认它真在那儿。
要体验**椅子**真是椅子,
有时你得去坐在上边。

桃金娘

从前有个姑娘名叫**桃金娘**

古怪透顶,她是一只**斑鸠**:

疯得像**野兔**,

吼起来像**熊**,——

哦,谁都不懂**桃金娘**!

坐在那儿,**膝盖**上放本书,——

竟然是我的**诗集**,——

她会**怒吼**,她会**咆哮**:

"破玩意儿**真讨厌**!

我用**一个字母**

就能写得更好,——

诗人啊,他们写诗就像我**打喷嚏**!"

河马

他缺什么？——脑袋还是**尾巴**？
我想他正在掉头！
他靠**胡萝卜**、韭葱和**干草**活命；
他开始打哈欠——一打就是**一整天**！——

有时我心想，活着要像他。

羔羊

刚才羔羊说，我在！
他蹦啊跳啊，狂奔一气，他能。
他四处跳跃。你
谁呀？居然也跳！

遥远的旷野
(1964)

渴望

1

那些昏睡的东西没涂香膏:

一个乱哄哄,悲鸣,

散发蟑螂死鱼和石油臭味的帝国,

味道比海狸香的水貂和鼬更糟糕,

热烘烘的扩音器滴下唾液,

高脚凳上痛苦的刑罚。

  越来越少,闪光的嘴唇,

  敏捷的手,珍爱的眼睛;

  留给狗和孩子的幸福——

  (只有一个圣人说到这些问题!)

色欲让灵魂筋疲力尽。

如何超越这耽于感官之乐的空虚?

(如果我们做梦太久,梦就会把精神耗尽。)

在一个凄凉的年代,一周的雨变成一年的雨,

成堆炉渣在阴冷的城市周边冒烟:

鸥鸟盘旋在奇异的垃圾上;

一棵棵大树不再闪光;

连煤烟也停止了舞蹈。

精神无力前行，

缩成半死德性，

后退，一只蛞蝓，一只淫虫

准备掉进任何一道裂缝，

一个没眼睛的凝视者。

2

不幸者需要他的不幸。是的。

哦骄傲，你是谁头上一根毛？

那幸运真是无边无际！……

一具体内有灵魂在运动的躯体。

怎样的梦足以让人聚精会神？黑漆漆的梦。

玫瑰胜过，玫瑰彻底胜过所有的人。

谁会想到月亮能把自己削得这么薄？

一团巨大的火焰从昏暗的海面升起；

光线大声喊叫，我在那儿，为聆听——

我要在更远处；我要比月亮更遥远，

蓓蕾般裸露，虫子般赤裸。

在这个范围里我是一根植物之茎。

——多自由；多孤绝。

摆脱乌有

——所有的开始莅临。

3

我要和鱼儿，和变黑的鲑鱼，和发疯的旅鼠，

和舞蹈的孩子，和胀大的花朵保持一致。

谁在远处叹气？

我要忘掉令人恼火的方言，所有的恶意歪曲和憎恨；

我要相信我的痛苦：平静地看着玫瑰生长；

我要喜欢我的双手，嗖嗖响的树枝，改变阵形的密集的鸟儿；

我渴望仪式中心不朽的宁静；

我要做小溪，夏末在巨大的布满条纹的岩石间迂回前进；

我要做一片叶子，我会爱所有的叶子，爱这芬芳无序终有一死的生命，

这埋伏，这寂静，

其间的阴影能变成火焰，

而黑暗将被遗忘。

我把死鲸留在那儿，但黑夜依然张开无边大嘴；

在达科他，在布尔黑德，鹰群大快朵颐，

在少见湖泊的乡村，在土山脚下深深的野牛草中，

夏日酷暑，我能闻到死野牛的气味，

烈日下恶臭潮湿的野牛皮风干，

野牛的碎片风干。

  老人应该做个探险者?
  我要做个印第安。
  奥格拉拉部?
  还是易洛魁部吧。

牡蛎河边的沉思

1

低低的，爬满藤壶的象牙色岩礁上，
最初的激浪来了，悄无声息冲向我，
沿着海岸狭窄的垄沟，一排排安静的死贝壳疾驰；
很快就有一条小溪紧随我，爬得更近，
水里满是小条纹鱼，小螃蟹爬进爬出。

海湾无声无息。无暴虐印迹。
鸥鸟们也都悄悄栖落在远处礁石上，
安安静静，在变暗的光线中，
它们喵喵的叫声，
它们婴孩的啼哭停了。

最后一道长长的起伏的细浪，
蓝黑色，就在我站立的地方，
几乎涨成一道波浪漫过小小礁石的屏障，
轻轻拍打一根沉没的原木。
我用脚趾在向前滑的咸味的泡沫中玩水，
然后退到峭壁斜坡一块高高的石头上。

风势弱了，灵巧得像一只飞蛾吹拂着一块石头：

黄昏一阵风，轻得像孩子的呼吸

没掀动一片树叶，没吹出一道涟漪。

海岸青草上露水醒来；

浸透了盐的木头烧出噼啪响的篝火；

一只鱼鹰在栖木上转身（河口一棵枯树），

翅膀映射太阳反光的最后微光。

2

如行将陨灭的星，自我在昏睡中

坚持，满心恐惧。死神的面孔在它们中重新复活——

胆怯的兽类，盐渍地上的鹿，

公路对面耷拉着肩膀的雌兽，

绿叶上做好准备等着袭击苍蝇的幼蛇，

从椴梓花嗖嗖作响飞向牵牛花的蜂鸟——

我理解这些生灵。

我理解河水：向前翻涌，无休止的波浪，

被沙洲，长满海草的海底和混杂的浮木改变流向，

被侧风鞭打向前涌动，被蜿蜒的潜流拖着的波浪

滑动在隆起的礁石间，疾驰的浪潮，

无声地爬行着，伸入水中的岬地。

3

这一刻,
在认知的至高天国,
肉体获得精神十足的均衡,
暂时学到矶鹬的漫不经心,
翠鸟的灵巧,蜂鸟的自信——
我在我的岩礁上漂移,想起:
四月里密歇根一处湾流最初的战栗,
小溪漫过一块唇状石头;
一道手腕粗的瀑布从岩石裂开处飞流直下,
清晨,瀑布浪花托起一道双重彩虹,
那么小,可以抱入怀里,——
或冬春之间的蒂塔巴沃西河,
当午后冰块从边缘开始融化。
还有受水下压力开始破裂起伏不定的中心航道,
冲着包铁的木桩高高堆起的冰块,
闪光,再次冻硬,午夜嘎嘎作响——
而我渴望炸药爆炸,
渴望涵洞松开那堆树枝和棍子的碎片时骤然响起的吞吃的轰鸣,
翻滚的锡罐、桶、破鸟巢、骑在原木上的童鞋,
当堆积的冰块骤然离开歪倒的木桩,
整条大河开始奔涌,一座座桥摇晃。

4

这一刻,这变暗的光线中,
我被早晨的运动震惊;
在一切的摇篮里,
我被水流的拍击
和矶鹞的叫声
催眠,半睡半醒。

流水是我的意志,我的道路,
而精神奔跑,断断续续,
出没于小小波浪,
与众多勇敢的水鸟一同疾飞——
多美啊,迎向危险的小东西!

明月初现,
万物扩散,
光芒四射。

通往内心的旅程

1

从自我退出的漫长旅程,
有太多弯路,太多冲蚀中断未开化之地
那儿页岩惊险地滑过
在突然转向,轮子转动的刹那,
后轮在崖边几乎悬空。
应该紧抱在一起,提防块石和滑落的石头。
溪流闯进道路,风蚀的地垛和峡谷,
仲夏,暴雨引发的山洪咆哮着涌入狭窄的溪谷,河水猛涨。
风吹雨打,芦苇倒伏,
根部在夏末烧焦,到漫长冬季一派阴郁。
——这时越来越窄的小径
和小径上锋利的石头一起,朝着小溪,朝着桤木
和白桦的高地,向上迂回。

穿过满是流沙的沼泽,
这条路最后被一棵倒下的枞树,
变暗的灌木和丑陋
的山涧封死。

2

我记得它打算开到砾石上,

盯着险峻的下坡,车轮在那儿嗥叫八十回——

当你撞进浅沼地底部深坑,

窍门是在路边猛力推车,冲上小山,时刻当心油门。

窄路上嘎嘎,噼啪,一路咆哮。

机会来了?可能吧。但道路和两旁的沟渠是我的一部分,

眼睑上落了厚厚一层灰,——谁戴风镜啊?——

总是掠过路边一座谷仓向左急转,

转向飞跑的小狗和尖叫的孩子们,

公路在朝向北方朝向一座座沙丘和晃动的,比飞蛾更傻的

鱼饵苍蝇的一处笔直的冲断层那儿形成带状,

在深埋于劣质水泥的街灯下聪明地终结,

一座座城镇有着高高的坑坑洼洼的路顶和明沟,

银白的松木盖成的商铺和饱经风霜的红色法院,

下边一座老桥,翘棱铁栏已被白痴跳水者弄断;

桥下,懒洋洋的河水在杂草、破车轮、轮胎和石头间流淌。

一切都在流动——

草原中央种了两棵矮树的墓地,

死蛇和麝鼠,碎石上气喘吁吁的海龟,

起风的干涸的沙床里结穗的紫色灌木——

四处游荡的隼,长耳野兔,吃草的牛——

它们都在动而我一动不动,

太阳从蒂顿岭上方一朵蓝色的云里出来,

这时,远方掠过无雷的热闪。

我在无精打采的草原之海颠簸,

风轻轻地将汽车的方向调向右边,

拍打白色洗衣房的晾衣绳,将三角叶杨压得七零八落,

灰扑扑平房的乱糟糟的防风林。

我一路颠簸,而时间叠入

一个漫长时刻;

我听见地衣说话,

常春藤用白色的蜥蜴脚前移——

在微微闪光的途中,

在灰扑扑的弯路上。

3

我看见所有流水的花朵,在我上边下边,这焦干的

陆地上永不败坏的、颤动或静止的花朵,月光下洁白的花朵:

灵魂搁浅了,

将肉体摇睡后它也小憩,

花瓣和花瓣的倒影在水草葳蕤的池塘上混合,

而当渔民将渔网拖过那些石头,波浪平展了。

在小小的一滴形成却尚未落下的刹那,

我体验到太阳的心脏，——

在旱地的暗处与明处，

在灰蒙蒙的风吹旺的摇曳不定的篝火中。

树叶的滴水声中，我听见

一首细微的歌，

在午夜的喊叫之后。

因此我训练自己：

紧张地站在死神面前，

为表面的变化，波浪上的闪光而欣喜，

我在别处漫步，我的肉身思考，

转向光的另一侧，

在风之塔上，一棵树在空气中懒洋洋，

比我的回声更远，

不向前，不后退，

也不困惑，在一个死角。

像盲人撩起窗帘，知道现在是早晨，

我知道这变化：

无声的一侧没人笑。

而当我与鸟儿一同活着，

愤怒的灵魂变成幸福的灵魂，

在我的睡梦中，死者开始在他们的暗夜里歌唱。

长河

1

我们不能说,蜜蜂是否有思想,
但这虫子尾巴摆动最厉害,
小鱼儿能听见,黄蝴蝶蓝蝴蝶
用气味和舞蹈的语言表达欣喜。
所以我拒绝狗的世界
即便他听到比 C 更高的音调,
拒绝唱到一半停下来的画眉。

我承认我对上帝的鲁莽,
我渴望顶峰,黑色深谷,旋风中
变幻涌动的雾,
沉寂的旷野上没有呼吸新鲜空气的地方,
那儿石头是光。
我回到篝火所在之地,
回到焦黑的海边,
那儿淡黄色草叉拨弄着变黑的灰,
成堆原木在午后的阳光下剥皮,
海水和淡水在此汇合,

海风穿过松林,

一个在海湾和入海口向海而去的小溪的国度。

2

姆奈塔[1],哈尔[2]之母,保护我

远离虫子的进退,蝴蝶的浩劫,

半岛的缓缓下沉,煤的风化,

海力造成的未定的巨变,起伏的沙丘,和我那长满触须的海
  洋表亲。

与她有何干系?——

她用她的眼赞颂早晨,

得意地闪耀的星星,

深藏于午夜旷野的蟋蟀的声音,

矮松上蓝樫鸟刺耳的鸣叫。

欢乐死得慢!——

干枯的花在皱巴巴的溪谷里撕裂。

初雪落在黑枞树上。

容易动情,我仍爱着我最后的秋天。

3

当鳟鱼和年轻的鲑鱼准时跃起去咬低飞的昆虫,
常春藤的藤蔓拖到地上,在锯屑里扎根,
松树连同它的根沉入河湾,
它在那儿倾斜,向东,成为鱼鹰的栖木,
一个渔夫在木桥上闲荡,
阳光下,这些波浪让我想起花朵:
百合沁人心脾的白,
在一块湿地一角,斑斓的老虎莲长得旺盛,
条纹像鱼的天芥菜,顽强生存的牵牛花,
林中空地湖边一株青铜般的死牛蒡,
被缩进碱地的畜粪压倒。

受到一阵轻声细语的风的祝福,
我来到这儿,不为寻求宁静,
来到风和水的丰饶的蛮荒之地,
来到陆地包围的海湾,那儿咸水被倒地的
枞树下流淌的小溪变成淡水。

4

在雾蒙蒙灰色的清晨,

错落海岸线上轻轻碰碎的轻柔的细浪上方,
排成长阵的浪涛的微波,雪亮,几乎是油——
一道孤单的波浪涌起,如巨型天鹅的脖颈
脊背被轻柔的逆风吹皱,
缓缓游向一棵树冠撕成两半的躺倒的树。

我想起一块截断漩涡的石头,
既非白色也非红色,在死亡的中途,
那儿冲力不再支配,越来越浓的阴影也无能为力,
一个易受攻击的地方,
被沙砾、破贝壳和海难残骸围住。

5

深夜,光自湖面反射,
蝙蝠起飞,紧贴微微倾斜的棕色湖水,
浅浪在卵石累累的海岸线上奔涌,
像久已熄灭的火焰,被烟囱里下行的气流
或来自矮山,拐弯处上方掠过的微风点燃,
于是海风唤醒欲望。
我的身子与一朵明亮的火焰一同闪亮。

我在进进退退的河水中看见

出自我睡眠的幽灵,在哭泣:
那不朽者,那孩子,那晃动的葡萄藤,
那围绕着盛开的花朵的超自然的钟声,
那在我面前在多风的海岬奔跑的朋友,
既非声音又非幻影。

我,深渊归来朗声大笑的人,
变成另一个东西;
我的目光延展到比最远浪花更远的地方;
我迷失方向,发现自己在长河里;
又一次我被抱住;
而我紧抱住世界。

1 Mnetha,英国诗人威廉·布莱克诗作《Tiriel》中的人物。
2 Har,姆奈塔之子。

遥远的旷野

1

一次次我梦见那些旅程:
梦见蝙蝠般深深地飞进一个逼仄的隧洞,
或独自驾车,不带行李,驶出长长的半岛,
沿途是成排身披积雪的次生树,
一场美妙的干雪在挡风玻璃上滴答滴答,
一会儿雪,一会儿冻雨,没有迎面而至的车流,
身后也没有车灯,脏兮兮的后视镜上,
道路从闪着光泽的柏油变成碎石,
最后终结于一个绝望的沙坑,
汽车陷进那儿,
车轮在雪堆上疯转,
直到前灯渐渐熄灭。

2

旷野尽头,割草机未曾光顾的一隅,
草皮掉进青草遮住的水渠,

猫鹊的地盘，田鼠的老窝，

离总是变换的堆放鲜花的地方不远，

在锡罐、衣服、锈管子和破机器中间，

他学到什么是永恒；

在雨水和步行虫吞噬的死耗子皱缩的脸上

（我发现它躺在老煤箱中的碎煤里）

还有野鸡饲养场附近抓住的公猫身上——

内脏撒在半大的鲜花上，

它被守夜更的整死。

我为众鸟，为割草机卡住的小野兔痛苦，

我的悲伤并未过度。

五月初遇见鸣禽

就是为了忘记时间和死亡：

它们簇拥在黄鹂的榆树上，密密麻麻，一朵叽叽喳喳永无休止的云，

都在一个早晨，

我看啊看啊直到视线被鸟儿的身影晃得模糊——

栗颊林莺，黑斑林莺，蔚蓝林莺，——

移动，闪避如鱼，无所畏惧，

悬在空中，隆起如年轻的果实，压弯树梢，

安静了一小会儿，

半飞半跑冲到一边，

比雀科鸣禽更灵巧，

这时鸫鹩们在渐绿的树篱灌木中争吵,歌唱,
家禽圈栏里,扑动翅将那棵死树敲得咚咚响。

——要么,赤条条躺在沙地,
躺在缓缓的河流遍是淤泥的浅水处,
伸手摸贝壳,
心想:
我也曾像这东西一样,愚笨无知,
或者也许是另一副头脑毫无异禀;
或者沉到长满苔藓的泥潭斜坡上;
要么,跨骑在湿透的圆木上,膝盖精瘦,
坚信:
我还会回来,
作为一条蛇,一只喧闹的鸟,
或者,运气好,作为一头狮子。

我已学会不怕无限,
遥远的旷野,永远大风吹刮的峭壁,
明天的白光中垂死的时间,
偏离自我的轮子,
爬行的波浪,
迎面扑来的流水。

3

河流自我驱动,

树木退入自己的浓荫。

我感到一种失重的变化,一种向前的移动

就在河岸并拢,开阔的河面发白

而河水在抵达窄隧洞前骤然加速那会儿;

要么就是两河汇流时,蓝色的冰川激流

和源自高地泛黄的绿色河水,——

先是岩石间迅疾地起伏漂流,

然后是平坦石头上长途疾驰,

直到落入冲积平原、泥岸

和挂在榆树枝干上的野葡萄藤那儿。

轻轻颤动的流水

冲过一片美妙的黄泥,阳光正好照到那儿;

螃蟹在河边,在长满杂草的河边

取暖,与小蛇和水蛭一起,热热闹闹,——

我已抵达一种寂静,却并非深奥的中心,

闪光激流之外一个地点;

我盯着一条河流的底部,

盯着大小不一的石头,彩虹色的沙粒,

我的心在更多地方游动,

在半是陆地半是流水的国度。

我被我的死亡赋予新生,想着我的死亡,
九月里散发干燥香味的一座垂死的花园,
风正扇起一处即将熄灭的篝火的灰烬。
我所爱的近在手边,
永远,在人间,在天上。

4

迷失的自我在变,
转向大海,
海的幻影也转换方向,——
一个老男人在炉火边暖脚,
穿着告别的衣服,穿着绿袍。

一个朝向他自己之无限的男人
唤醒所有的波浪,所有不受束缚的迷途的火焰。
沙沙响的绝对,出生
的理由,对他露出的耳朵全都没用。
他的精神前进犹如拍打着
阳光灿烂的蓝色高地的大风。
他是众生的尽头,最后的人。

一切有限的事物泄露了无限:

山脉和它非凡的明亮的投影

犹如刚冻住的雪地上的蓝光；

犹如挂冰的松树上的夕照；

山坡上椴树的香气，

可爱的蜜蜂的香味；

沉下去的树木上静止的水：

一个人记忆中完美的宁静，——

由一块孤单的石头放大的涟漪

缠绕整个世界的海水。

玫瑰

1

对那些人来说地方毫无意义,
但这地方,大海和淡水汇合之地,
很重要——
就在这儿,一群隼斜斜地冲进风中,
根本没有振动翅膀,
一群鹰在枞树林上方低飞,
鸥鸟们冲着弯弯绕
的码头上那些乌鸦尖叫,
而浪潮向着羊群和野兔
啃噬的青草上涨。

这是观潮的时刻,
苍鹭神圣的捕鱼时刻,
红眼雀发出昏昏欲睡喊叫的时刻,
晨鸟纷纷离去,燕雀叽叽喳喳,
但依然能看到翠鸟闪耀,黑凫振翼,
太阳的火球降落水上,
最后一群鹅横穿反射的夕光,

月亮躲进模糊的云影，恐怖的庞然大物，
而不是跑到尖叫的猫头鹰那儿。
古老的原木与缩小的波浪一同下沉，
然后寂静来了。

我在自我之外转向
变暗的流水，
转向小小的溅飞的浮木，
河水打着漩涡经过小小的岬地。
就在这儿有那么一会儿我戴上鸟类之冠
这时在礁石群远远的一个点上
光线陡然强烈，
而下边，出自无人去过之地的雾中，
最初的雨正在聚集？

2

一艘船轻风中航行——
波浪比跳出水面的鱼弄出的涟漪还小，
尾浪带子般的皱纹展开，变细，
从旅客眼中溜走，
船首轻松地上下颠簸，
整艘船斜着轻轻摇晃，

高高船尾像孩子们放进池塘的小船般下沉——
我们的运动持续不停。

而这玫瑰，这海风吹拂的玫瑰，
停留，
停留在可靠之地，
黑暗中绽放，
正午时张开，朝向天空，
一朵独一无二的野玫瑰，奋力挣脱牵牛花苍白的拥抱，
挣脱多刺木质茎植物树篱，挣脱粗糙的下层林丛的纠缠，
比三叶草和乱蓬蓬的干草更远，
比海边的松树、橡树、海风刮倒的浆果鹃更远，
与波浪和起伏的浮木一同移动，
缓缓的溪流蜿蜒进入海岸的黑沙地
携带混浊的草沫和飞跑回闪光的陨石坑的螃蟹。

而我想念那些玫瑰，那些玫瑰，
白玫瑰红玫瑰，在六百英尺宽的温室里，
我父亲两脚分开站在水泥条凳上，
把我举得比四英尺茎梗，比拉塞尔夫人和他自己精心栽培的杂
　交品种更高，
那些头状花序仿佛向我涌来，向我点头，而我只是一个没有
　自我的孩子。

有那个人，那些玫瑰相伴，

还要天堂?

3

他们跟我们说了什么,声音和寂静?
我想念这寂静中的美国声音:
在一排排墓碑上,凤鸣琴有话说,
鸫鸟,安逸的鸟儿,独自歌唱,
喧鸮啸叫,离我很远,
猫声鸟模仿哈哈大笑
降落在花园角落,在高高低低的紫丁香中,
食米鸟飞快地从一根破围栏桩上飞走,
蓝色鸣鸟,老树林中的洞穴爱好者,轻快地唱着柔美的歌,
逼人注目的蝉,细微的叫声像一根针刺穿耳膜,
而滴滴答答的雪包围了达科他那些油桶,
密歇根冬日风中电线发出微弱的呜呜声,
尖厉的敲钉子的声音似乎将盖屋板从屋顶扯下来,
推土机后退,喷沙器嘶嘶响,
清晨街上传来喇叭低沉的合唱。
我回到水上叽叽喳喳的燕子那儿,
那声音,那独一无二的声音,
当大脑想起一切,
当光明轻轻进入沉睡的灵魂,
如此单薄的声音无法诱惑一只鸟儿,

我美丽的欲望,我产生欲望的地方。

我想念歌唱的岩石和造出自己的寂静的光,
在成熟的草地边上,在初夏,
月亮懒洋洋倚在亲密的榆树上,一片银色微光,
或者破晓前缓慢的货车沿着
饱受蹂躏的山麓边缘盘旋前进时孤单的时刻,
风在加工一棵树的形状,
这时月亮流连不去,
一滴雨悬在叶尖,
在醒来的阳光中移动
像刚捕获的一条鱼的眼睛。

4

我活在岩石地带,它们的野草,
它们蒙了一层薄雾的绿色流苏,它们粗糙的
边缘,它们被海泥
切割的洞穴,远离滚滚
海潮的冲击,
浸透了油,满是沥青
摇摇欲坠的海浪巨墙,
鲑鱼从那儿灵巧地游入海草摇曳的海底,

而大海在小小岛屿间重新安顿自己。

靠近这朵玫瑰,在阳光烧焦的小树林里,被风压弯的浆果鹃,
半死的树木中,我遇见真正自在的自己,
犹如另一位从我生命的深渊中浮现,
我伫立于自己之外,
不受成为和灭亡所限,
某物,纯粹是另一个,
犹如我在最野的波浪上彻底倾斜,
却纹丝不动。
而我欣喜于做从前的那个我:
欣喜于紫丁香变化,白爬虫安静,
欣喜于树枝那边的鸟儿,欣喜于无与伦比的那位,
当他飞走,整个天空迎接他,
欣喜于冲出晦暗波浪的海豚;

欣喜于这朵玫瑰,这朵海风吹拂的玫瑰,
扎根于石头,留住全部的光,
将声音和寂静聚拢在自己身上——
我的,海风的。

(以上 6 首为"北美组诗")

姑娘

心可以相信什么？——
它盯住整个躯体；
我，反复说起爱情，
把它当作一门学问。

我们是一个，同时是更多，
过来人告诉我，——
有时也要满足于各是各。
今天我在海边蹦蹦跳跳，
目光不看这里不看那里，
我的细胳膊来回甩动，
我的身体是一只鸟，
我的鸟血准备好了。

她的话

年轻的嘴冲着礼物嘲笑。
像猫冲着它的爪子,她低声哼唱;
她哭诉,"我老大不小
醉心于爱人的恭维,
却还是打定主意独来独往;
我朝右边舞蹈,我朝左边舞蹈;
我的命运一片混乱。"

"记下我全部的低语,"
她冲着心上人喊。
"我相信,我相信,月亮!——
在天堂,这是哪种气候?"

"风暴,亲吻引发的风暴。"

幻象

枕头不会告诉我
  他去了哪儿,
轻手轻脚的家伙
  经过这里,独自一人。

他不过瞄了我一眼,
  就把我的魂整个儿勾走,
着了迷啊,我的灵魂,
  情愿去死。

我转身,我转弯,
  我的呼吸只是一声叹息。
我敢伤心吗?我敢痛心吗?
  他走过去了。他走过去了。

她的无言

如果我能,只给他
一截袖子,里边是我的手,
脱离躯体,毫无血色,
给他亲吻爱抚
管他情愿不情愿,——
但决不给他多情的凝视,
不给他全部的心思,
不给他附在我身上的灵魂,
也不给他我的嘴唇,我的乳房,我的大腿
当风儿呼啸
它们在风中战栗。

她的时光

当我瀑布

般的长发

幻想着离开我的躯体

飘曳,在大海无声无息时;

当潮水

涌动

不向前也不向后,

小小的波浪

热烈地上升,

阵阵疾风

轻轻抽打彼此酷似的白帽浪,

两只黑凫低低飞翔,

两对翅膀一同拍击,

沾满了盐的头发

在我脸上难以拢住

在那几乎看不见的

浪花和遥远的峭壁上

光的小小形体

消逝在太阳最后一道

反光中以前,在

风暴的无边巨浪在附近
海岸发出隆隆轰响以前,
万物——鸟,人,狗——
全都冲过去躲起来:
我是跟在后边那位,
跟在后边。

歌

我的狂怒,在我风华正茂,
风华正茂时搬运了
那么久的条理清晰的
思想的边界在何处?

我的狂热,会成为
灵魂的缺陷吗?
心会把心吃掉吗?
会怎样啊?会怎样?

哦爱人,你听见
时光缓缓的嘀嗒
用你深藏海中的耳朵,
告诉我,告诉我吧。

光也在听

哦,世上有什么比她
跟男人相处更美妙?
无人打扰的那次,
她吻我不止两回。
可以摸,谁还愿意看?
她的身子比海豹丰腴。

闷热的空气颤动,令人窒息。
光线深入贝壳,
是一只鸟儿的爱的节奏。
她让自己的身子一动不动
看着潮湿的空气流淌。
我们凭我们的行为活着。

一切都被认识了,方方面面:
种种事物本来的形态:
青春的生命爱着青春
爱着生机勃勃的大地。
深深的阴影拥抱黑夜;
她在变,追随变化的光。

我们相遇，为了再度摆脱
我们从时光那儿挣脱的大限；
一阵冷空气带来雨，
簌簌响的植物茎梗。
她唱起一首终结之歌；
她唱时，光也在听。

快乐的三个

我亲爱的妻已在屋里
把刀磨快;
她松了口气如释重负
  因为我走了。

我拾掇废报纸时,
那些闪烁其词的
淫猥字眼——
  让她眉头紧蹙。

那些搁板有特殊用途;
为什么沾满泥巴的鞋
跟你内衣裤摆在一起?
  她问我,女人啊。

于是我
绷着脸
跑到僻静的草地
  去喝酒。

谁会在这时光临,
只能是我们的鹅,玛丽安,
她从圈里逃出来,
　　　出来晒太阳。

起了个女诗人的名字,
(我依然喜欢她)
她嘴巴停下来
　　　不再整理纯白的羽毛。

等她跑来啄我的脚,
我堆积如山的晕眩
像四月的积雪一样消失;
　　　所有的怒火不见了。

然后,附近一只红眼雀,
不远处一只北美鹟
放肆地唱起来
　　　调子拖得那么漂亮。

我们跑回屋里,
我,和亲爱的玛丽安——
接着我们又开始嬉闹,
　　　闹啊,

闹啊,
我们三个在阳光下。

他的预兆

1

浅滩与大海一起震动。
我，活着，忍受
生命难以测度的
恐惧，正要逃离
一张标志的脸蛋。

2

绞尽脑汁
必让灵魂受累。
谁知最终会怎样？
我不再对石头说话，
露水滑到跟前。

3

我到处赞颂风
我听见我独自
返回茫茫虚空。
我认识的最孤独的东西
是我那颗嬉戏的心。

4

她是全部的光?
我嗅着变暗的天空
聆听自己的脚步。
风与水汇合处
风暴越来越猛烈。

害羞的男子

满月闪耀在广袤的海上;
我对着一颗俯瞰我的星辰歌唱;
我对着一匹码头吃草的白马歌唱,——
  当我走在高高的防波堤旁。
    而我的双唇它们,
    我的双唇它们,
  一言不发,
  当我游荡在高高的防波堤旁。

麻鹬缓慢的夜曲降临水上。
战栗的甜蜜音调让我激动,
当我走在她,奥康奈女儿的身旁,
  我知道我真是爱她。
    而我的双唇它们,
    我的双唇它们,
  一言不发,
  当我们走在高高的防波堤旁。

满月已经落下,晚风轻微
我躺在这儿,操心萧瑟的波芬镇

我躺在这儿,心想,"我不孤单。"
 因为这儿,紧挨着我的是奥康奈的女儿,
  而我的双唇它们,我的双唇它们,
   把一个字说了那么多遍,
  当我们拥抱在高高的防波堤旁。
  哦!我的双唇它们,我的双唇它们,
  把一个字说了那么多遍,
当我们亲吻在高高的防波堤旁。

她的愤怒

还有炼狱的怒火,
但丁本人也忍受过;
我,又点燃这怒火,
被另一个贝雅特丽齐
吓得颤抖了不止两次。

(以上 11 首选自"情诗")

深渊

1

楼梯在这儿吗?
楼梯在哪儿?
"楼梯在那儿,
哪儿也不通。"

深渊呢? 深渊呢?
"你无法逃过深渊:
就在你那儿——
楼梯下边,一步之遥。"

    永远如此
    房子的一部分
    总是
    彻底衰朽。

    中间部分,
    污迹斑斑,
    屋顶一棵蓟

风势在减弱。

2

人们千言万语
我都当耳旁风。
我内心的证人被我那
粗心的嘴巴弄得很沮丧。
我频频踏上危险的小径,
模糊贫瘠的小径,
不在生命内不在生命外。

  我们之间谁是圣人?
  忍受怎样的言语?
  我听见喧嚣的墙。
  他们露出真面目,
  鄙视圣灵的家伙。

理解我吧,惠特曼,目录制订者:
因为世界再次攻击我,
那些舌头喋喋不休。
而对客体的可怕饥渴吓住了我。
窗台战栗。

百叶窗上一只毛毛虫

沿着细绳子爬下来。

我的象征!

因为我离死亡越来越近,与死亡相伴;

一名护士连着几星期与我坐在一起,狡诈阴郁的陪伴者,

小心翼翼,端详我的双手。

谁派他来的?

我不再是将嘴巴伸进水中涟漪的鸟儿

而是地下迂回前进的鼹鼠,

夜间捉鱼的水獭。

3

太多的真实令人眼花缭乱,恶心;

太准的直觉让人筋疲力尽:

当花商储藏室大门敞开——

阵阵气味扑面袭来如冷酷的火焰,喉咙僵住,

于是我们重返炎热的八月,

受到惩罚。

于是深渊——

滑溜溜冷酷的高地,

在令人眼花缭乱的磨难之后,

攀缘，无尽的转弯，

火焰般行进，

一个可怕狂热的世界，

一道投入恶劣气候燃烧之核心的闪光；

如果我们等待，无所畏惧，不受可怕瞬间掌控，

焚烧的湖泊就会变为林中池塘，

而火焰沉入水边，

一份阳光普照的宁静。

4

要怎样我才能梦见来世？

我能跳过大海吗——

整个大陆的边际，最终的大海？

我嫉妒这卷须，它们瞎眼的寻找，

还有孩子们伸进盘绕的圆叶菝藜的手，

我听任吹在我背后的风

将我从黄昏的渔场带回家。

  接着，我的二分休止符，

  故意放慢一会儿，

  不知不觉登场，无声无息，

  保持本色，

而火焰紧随
小溪奔流的
节奏。

我们真的在向上帝迈进，还是仅仅转向另一种状态？
透过海浪我听出一条河流隐含的深意，
在一个斑驳阴暗的地方，早晚都有薄雾。
穿行于黑暗中我浑身战栗，
我的灵魂几乎属于自己，
我死去的众多自我歌唱。
而我拥抱这宁静——
小小叶片下，如此安宁！——
靠近茎梗，根部更白，
一种灿烂的寂静。

  阴影慢吞吞说：
  "爱慕，所以靠近。
  谁理解这个——
  就理解一切。"

5

白天我焦渴。夜晚我守候。

我接纳！我已被接纳！
我听见花儿啜饮它们的光，
我领会蟹和海胆的隐秘意图，
我复活干涸的小河，
溪水在布满苔藓的原木下滑过，
迂回冲进随意展开的沙滩，
巨型原木像一根根火柴堆起来。

我最不合理地成了已婚者：
上帝减轻我的沉重；
我渐渐消失，像鸟儿，消失在晴朗天空，
我的思想飞到菩提树在一旁生长的地方。

活着，什么也不做，我的无上快乐。

挽歌

她的脸像风吹雨打的石头在她跟着黑色灵车
一溜烟离去的那天,花圈多如长官出殡——
蒂莉大婶,她就是这么个人。

叹气,叹气,谁说它们有先后?
灵与肉,——一场怎样的战争?
她一无所知;
因为她不求人也不施舍,
亲戚们离开后她坐在死者身边,
她护理年迈体弱者、疯子、癫痫,给他们喂饭,
刺耳地嘲笑自己,
勇敢地面对最坏的情形。

我想起整个夏末她如何赶走爬到
她院子里那棵宝贝桃树上的孩子;
想起她如何捡起掉在地上奇形怪状枯萎的桃子给自己,
把最好的捡起来,腌上,放在门前东倒西歪的石阶上。

她还是遭受了极大痛苦才死,
临终舌苔又厚又黑,像牛舌。

恐怖的警察，收账的家伙，穷人的叛徒，——
我看见你在天上某个超市，
在韭葱和卷心菜中平静穿行，
对着南瓜仔细查看，
两眼镇定，逼近
颤抖的屠夫。

奥托

1

在一堆奇妙的孩子里他排行老幺，
一个早就记住应该粗暴对待傻瓜
和骗子的普鲁士人：很多年他住在
盆栽棚顶层，从不跟人摆架子。
我想念他，我想念他的伙计们，
他们像亲戚像邻居，与他亲密无间。
马克斯·劳里施长着嫩拇指。
一个不向美人求爱的花匠：
他把花种在盆里仿佛他恨它们。
他的哪条根拒绝长出茎梗？
当鲜花生长怒放，它们扩展了他的生命。

2

他能戴上女人的手套，
他认识林中所有的生灵；
有一次，发现两个偷猎者闯进他的地盘，

他单手举枪射击；
子弹击碎的干树皮打在他们脸上，——
他一向知道他瞄准的是什么货色。
他们提着枪呆立在那儿；他走过去，
没拿枪，狠狠捆他们；
不是乱来，因为那两个家伙
在玩屠杀游戏，砍倒小枞树。
那年我还不到七岁。

3

一座花朵的房子！他们一层层搭建，
要么因为热爱，要么出于隐秘的罪恶感
因为祖先曾经爱上一种类似战争的表演
或愧对百年前被杀戮的法国人，
如今他们仍是狂热分子，堆得高高的枪
杀死溜近他们那窝小野鸡的每一只猫；
哈蒂·赖特的安哥拉猫也死了，
我父亲拎着猫尾巴拿给她。
他爱这些既是圣人又是野家伙的小东西，
（有几只不是纯种，长得没了形；）
而印第安人爱他，波兰穷人也爱他。

4

用内在之眼我看见镜子般的旷野,
当我从高高的屋里看着他们
骑马从月亮下走过,躲开月亮,
慢慢地到黎明天色更亮;
当更夫乔治的提灯越来越暗,
拖得长长的吆喝依然震响:长夜已尽。
我总是站在床上,一个失眠的孩子
守候父亲的世界醒来。——
哦,遥远的世界!哦,我失去的世界!

好友们

有的蹲大狱；有的死了；
　　都没读过我的书，
我的思绪还是回到他们身上，
　　我想起他们的

姐妹投向我的眼神，一两次吧；
　　等我放慢脚步，
他们又告诫我别像脱帽打招呼
　　太拘泥。

而当我滑倒在冰上，
他们任我跌倒不止两次，
　　我对这一切心怀感激。

天竺葵

有一次,我把她清出去,扔在垃圾桶旁,
她萎靡不振,又湿又脏,
那么傻,那么轻信,像生病的卷毛狗,
像九月底凋谢的紫苑,
我又把她拿回来
换了一套新程序——
维他命,水,以及当时
随便哪种似乎实用
的营养:她靠杜松子酒
小发卡、吸了一半的雪茄、走味的啤酒活了那么久,
枯萎的花瓣倒在
褪色的地毯上,腐肉
脂肪黏在毛茸茸的叶子上。
(干透了,郁金香般嘎嘎响。)

她忍受的是些什么!——
哑巴母兽尖叫半宿
要么就是我们两个,孤零零,脏兮兮,
我用呼吸畅饮她,
她从花瓶里探出身子靠在窗户上。

快死时,她好像听到我说话——
真吓人——
所以当那个说话带鼻音的白痴保姆
把她连同花瓶扔进金属垃圾桶,
我什么都没说。

过了一周我把这放肆的夜叉塞进麻袋,
我是那么孤独。

暴风雨

（伊斯基亚福里奥）

1

仅仅是一种不祥的拍打，
打在石筑防波堤上，
当风从山上冲下来，
在头顶嗖嗖掠过，
在棚架和迂回庭园间啸叫；
电线发出微弱的呜呜声，树叶摆动，哗哗响，
小小街灯晃动，猛撞灯柱。

人哪儿去了？
山上一盏灯。

2

沿着防波堤，海涌有规则地泼溅，
一道道波浪平坦，不是很高，
彼此越来越近；
大海制造的一阵美丽的雨的水汽疾驰，

筛着沙子，像大号铅弹射出的大浪花，
海风与山风角逐，
抽打白帽浪的泡沫将它们向上推进黑暗。

该回家了！——
一个孩子的脏衬衫从小巷里往空中扑腾，
一只猫和我们一样飞奔，躲风，
圣卢西亚，刷白的树木间，
沉重的大门没上锁，
我们的呼吸轻松了，——
很快电闪雷鸣，黑雨在我们身上，在那些
平顶屋上疾驰，倾盆如注，击打
墙壁和石板窗户，将最后一位
守夜者赶进屋里，将打牌的人推到离他们的牌，
他们的茴香酒更近的地方。

3

我们爬向我们的床和草席。
我们等，我们听。
风暴安静了，又加倍凶猛，
几乎把树扳倒在地，
摇落果园里最后几只干瘪的橙子，

击倒柔弱的麝香石竹。

蜘蛛从晃动的灯泡上慢慢下来，
跑过床罩，跑到铁床架下边。
灯泡坏了，忽明忽暗。
雨水轰鸣，冲入蓄水箱。

落了沙子的枕头上我们靠得更紧，
喘着粗气，满心期望——
海浪最后一次铺天盖地越过防波堤，
屹立的海涌轰隆隆砸在海滩上，
突出的海蚀崖坍塌引发猝然的战栗，
飓风将枯禾秆刮到生机勃勃的松树上。

生灵

突然它们开始飞,像一条长长的烟的围巾,

拖着个东西——什么?——小如云雀

在蓝天上,在远方细长的烟霭中,

一个生灵忽隐忽现,

在落日照耀的金色平地间飞掠,

接着猛地上升,撇开迅猛的不依不饶的猎手,

有时笔直飞进太阳搞得他们稀里糊涂,

目标不明,他们包抄一小会儿,

为了用直视远处的可怕眼睛找到

降落在小山上的小生灵,

那儿他们再次蹲下,

在闪电般的捕猎中。

随后第一只鸟

遇袭;

然后是另一只,又一只,

直到杀得精光,

连极远处飞来的禽类也未幸免。

而我们劲头十足开始弄野餐

浸在马沙拉里的小牛肉和排列在大浅盘里的小云雀,
我们喝劣质的干葡萄酒,
我用棍子戳了戳一朵四叉花旁边的石头,
一头黑公牛在下边的河谷里走近一堵墙,
蓝天暗下去。

歌

歌声源自何处？——
源自眼泪，远方的眼泪，
源自狂吠的猎犬，
源自猎物虚弱的嚎叫。

爱情源自何处？
源自大街上的尘埃，
源自得心应手的弩箭，
源自我身边的杂种狗。

死亡源自何处？
源自可怕的地狱入口，
源自断了气的鬼魂
和向南刮的风。

恍惚的人

1

我们在小小篝火中数到几朵火焰。
问题是,**提问者**在**哪儿**?——
留下却又离去,
我们在做我们无力理解的事吗,
或者,身体不过是穿着鞋子的运动?

2

天堂的边缘比刀剑锋利;
神学本身有害而且荒谬;
但对于爱的渴望
还是在心中升起,
升起又跌落像一阵飘忽的风。

3

我们从声色的耽溺中挣脱;

走啊我们一直走；黑夜变成白昼；

我们走在生机勃勃的大地上；

石头发出细微的鸣响；

树叶和树木彻底改变我们的模样。

4

我们紧盯着一个美妙的光斑，

主体客体载歌载舞形同一体；

我们缓缓走在

不可见和可见者之间，

我们的身体轻盈，被明月照亮。

5

我们渺小的灵魂躲避渺小的苦闷，

这是应该苏醒的全部的爱的实质：

活着，最终我们变成

永恒的一分子，

与我们一同死去的是死的意志。

瞬间

我们穿过痛苦的冰块,
进入黑暗的深谷,
我们与大海一同歌唱:
这宽敞荒凉的深渊
随我们缓慢的亲吻移动。

空间与时间搏斗;
午夜的锣声击打
赤裸的绝对。
声音和寂静都歌唱,形同一体。

一切都流动:外部,内部;
身体邂逅身体,我们
创造了应该存在的一切。

还有什么要说?
我们在欢乐中死去。

(以上 10 首选自"混合组诗")

在一个黑暗的时辰

在一个黑暗的时辰,眼睛开始看见,
我在越来越重的阴影里遇见我的身影;
我在发出回声的树林中听见我的回声——
一个自然之神对着一棵树哭泣。
我活在苍鹭和鹪鹩之间,
活在山丘的野兽和穴居的蛇之间。

何谓疯狂?仅仅是高贵的灵魂
与环境格格不入?白昼着了火!
我了解彻底绝望的纯洁,
我的身影钉在一堵冒汗的墙上。
岩石间的地方——它是一个洞
还是曲折的小径?我拥有的是边缘。

一场持续的相似的风暴!
一个与众鸟一同涌出的夜晚,一轮残月,
在辽阔的白昼午夜再度莅临!
一个人走得远远的为了搞清他是什么——
无泪的漫漫长夜里自我的死亡,
所有自然的幻影闪耀着非自然的光。

黑暗啊黑暗我的光,更黑暗是我的欲望。
我的灵魂,像夏天热得发狂的苍蝇,
不停地冲着窗台嗡嗡叫。哪个我才是我?
一个堕落的人,我爬出我的恐惧。
心灵本身登场,而上帝才是心灵,
而一就是一,在狂风中自由自在。

在夜空

1

一个黑暗的主题把我困在这里,
尽管夏日在燕雀的眼里燃烧。
谁愿靠自己的赤裸
变得疯魔?
我心心念念的东西醒来了——
我要创造时断时续的音乐,否则我会死。

2

你们这些小东西,靠近些!
上帝啊,把我造成最后的人,一个时光
无法制服的纯朴生命。
我一度超越时间:
蓓蕾绽放成玫瑰,
而我在缩到最小时耸立。

3

我俯瞰遥远的灯盏
看见一棵树黑暗的一侧
远远地在低处波浪般起伏的平原上,
再看时,
它已消失在夜幕中——
我拥抱黑夜,一种宝贵的亲近。

4

我站在一堆低低的篝火旁
数着小小火苗,我留意光
如何在墙上移动。
我吩咐寂静保持寂静。
我看见,在夜空,
黑暗是如何缓缓降临在我们所做的一切之上。

结局

1

是否我对不朽的事物太能说会道,
我是空气和它全部歌声的知己吗?
纯粹的无目的追逐又追逐
不知餍足之生命的所有热望
让我跪下。哦谁能既是
飞蛾又是火?虚弱的飞蛾跌跌撞撞。
我们爱谁?我想我熟知真理;
我死于悲伤,没人知道我死。

2

我看见一个躯体在风中舞蹈,
一个幽灵从我原始的心里征召出来;
我听见一只鸟儿在可靠的地盘走动;
一只雏鸟悲鸣——我叫它我的雏鸟;
鹧鸪发出擂鼓的叫声;小鱼儿游向它的石头;
我们舞蹈,我们舞蹈,在舞蹈的月亮下;

在难以忍受的黎明到来的时刻,

我们一同舞蹈,我们不停地舞蹈。

3

在快乐的心里早晨是一种运动:

她停在光线中,犹如树叶活在风中,

在空气中摇曳,犹如修长的水草。

她离开我比种子更轻的身体;

我向她丰满庄严的身体道别,

一阵风吹到跟前,像一只害羞的动物。

树上一片轻盈的叶子,转向

另一天阴暗的起点。

4

自然至善?心之内核温顺?

所有的水域颤动,所有的火焰熄灭。

树叶啊树叶,靠近些,告诉我我是什么;

孤单的树变成最纯洁的火焰。

我是人,一个时不时在屋里,

在墙壁惨白的屋里踱来踱去的人;

感觉到秋天彻底歉收所以萎靡的火焰

拒绝我,这个拒绝欲望的人。

运动

1

灵魂有多种运动,身体只有一种。
饱经风雨的老蝴蝶飘下来
在肮脏的地上扑动翅膀——
灵的伸展无声无息。
唯有肉欲让我们保持心的活力,
为确定无疑的爱而悲伤。

2

爱导致爱。这份折磨是我的快乐。
我看见一条河蜿蜒而去;
为了和世界相遇,我想,我已站起来;
我听见一声喊叫它又被风刮跑。
我们放下的那些,非得再拿起来?
我敢拥抱。是大步前进让我不死。

3

除了爱人谁能明白爱是向前走？
谁已老朽？——大地上的生灵
明白万物是如何在种子里裂变
直到它们抵达最终的必然，
这抵达不受死亡掌控，这爱的举动
让所有造物分享，他们因此而活着。

4

光秃秃的翅膀在阳光下嘎嘎响，
密集的灰尘在阴沉沉的石头上起舞
上帝的昼与夜：他曾对这空间施以恩泽，
希望有其秘密：我们穿过它辽阔的时日，——
哦，谁能看见孩子们看见的东西？——
哦，运动，哦，我们的命运仍然是活着！

虚弱

有人以最纯洁的歌戏弄坚贞的傻瓜
当变化在内心之眼中闪光。
我目不转睛看一座变深的池塘
对自己说我的想象不会消亡。
我爱自己:那是永久不变的事业。
哦,成为另外的生灵,依然活着!

亲爱的基督因我的虚弱而喜悦;
我在乎并且属于我的所剩无几。
今天他们从膝盖抽走积液
又往一侧肩膀注满肾上腺素;
于是我像一棵老树
通过向内枯死,与我的神性保持一致。

迫在眉睫的时期靠的是生动的眼睛;
光线巡回,当我瘦弱的身体
垮掉一道纯粹的强光照亮我——
灵魂爱那强度。
温顺者受祝福;他们会继承暴怒;
我是我唯一的死亡的儿子和父亲。

心灵过于积极等于没有心灵；
深处的眼看见石头上的微光；
不朽寻找并且找到速朽，
迟钝的月亮从暗到明的渐变，
对我自己和我拥有的全部珍宝毫无感觉，
我移动遥不可及的风与火。

潜入夏天的青枝绿叶歌唱生活
我已唤醒爱。一只维丽俄鸟在磨它的喙。
伟大的日子平衡在一片片树叶上；
万籁俱寂时我的耳朵依然听见鸟鸣；
我的灵魂仍是我的灵魂，仍是基督，
知道这个，我就尚未毁灭。

万物并未亲密无间：别无选择，——
永恒降临绝非易事。
当反面的事物猝然到来
我教我的眼睛听，我教我的耳朵看
身体如何慢慢地从精神松绑
直到最后我们成为纯粹的灵。

决定

1

如果不是上帝,震惊眼睛的是什么?
逃离上帝是最漫长的行程。
年轻时,一只鸟总缠着我——
听它叫声就知道,北美鹟正缓缓离去,
我无法将那声音逐出我的记忆,
微风中,昏沉沉树叶的簌簌声。

2

上升或沉沦是同样的磨炼!
我的地平线越来越细!
哪个才是正道?我冲着令人畏惧的黑,
冲着移动的幽灵和脊背上的灰烬喊叫。
哪个才是正道?我发问,开始走,
就像一个人转身面对扑面而来的飞雪。

精髓

1

海上刮来的风没什么新鲜事可说。
头顶的薄雾和雾中的飞絮嗖嗖响。
烧焦的松树上一只乌鸦尖厉地
告诉我,我的酗酒引出了死的欲望。
终有一死的生命中,最坏的是什么?
忧郁的爱人,大喊大叫的妻子。

2

凝神默祷时我看见的一切令人目眩,
一张苍白的脸闪着比太阳更强的光;
太近的一瞥会夺去我的魂魄。
沉思上帝,也许我就变成一个人。
痛苦如迷途的火焰游遍我的躯体;
什么在烧我呀?欲望,欲望,欲望。

3

凌驾于我的上帝之上的神性,你还在吗?
昏睡是我的全部生活。精疲力竭的睡眠中,
我那改变了吹口气就能融化黑暗
的灵魂的肉身正在变老。
上帝啊,听我说完,今天听我说完:
从我到你,是可怕的漫漫长路。

4

当光线被一棵风暴中颠簸的树切割,
我被痛苦和爱情扔回来。
是的,我还活着,我已杀死我的欲望;
我也许接近了;为了看见我闭上眼睛;
我给我的躯体放血,把血的精髓献给
那位上帝,他知道我该知道的一切。

我等着

我等着风刮走尘埃;
风没来。
我好像在吃空气;
昆虫在草地发出单调的噪音。
我站起来,沉甸甸的胖子,在旷野。

我好像努力在干草中走,
陷进草堆,每走一步陷得更深,
又好像漂浮在池塘上,
缓缓散开的大涟漪在我眼中闪烁。
我看见水下一切都放大,
闪着光。阳光刺破烟雾,
而我变成我仰望的一切。
我被一块刺目的石头弄得头晕眼花。

接着一头公驴叫起来。一只蜥蜴从我脚上跳过去。
我慢慢回到尘土飞扬的路上;
当我走动,我的脚似乎陷入沙砾。
我像被燠热弄得萎靡不振的畜牲一样走动。
我走着,没回头。我怕。

石墙间路越来越陡,
然后向下穿过岩石峡谷,不见了。
一条毛驴小道通往一个小高地。
下方是明亮的海,平坦的波浪,
风全都刮在我身上。我很开心。

树,鸟

上升,上升,多石的旷野上升,
每只蜗牛都将纯洁的触角向我斜伸。
当我走向流云中传来的
微弱的声音,甜美的光与我邂逅。
我是指向月亮的手指,
因喜悦而自在,一个自我陶醉的人。
而当我叹息,我站在我的生命之外,
一片不曾被午夜景象改变的树叶,
一棵依然阴沉,死寂,绝对死寂的树的一部分,
乘风而行,一棵本性难移的柳树,
忍受它的生命和更多东西,一种双重的声音,
风和荒凉呼啸的雨水的血亲。

柳树和树上的鸟儿声音大了,越来越大。
我无法忍受它的歌,那每当气流
变速都会变的歌,那振动的翅膀,
那藏在我午夜的眼睛后边孤单的嗡嗡声;——
那不停地喊叫的根源太深!

此刻崩塌,此刻消失;

苏醒的白昼的运动多纯粹,
白色大海在更远的海岸变得辽阔。
鸟儿,振翅的鸟儿,展开的翅膀——

就这样我忍受这最后的、纯粹、连绵的欢乐,
这大得可怕的最后一个生灵。

修复

很像碗的一只手里,
我自己的灵魂起舞,
像小精灵,
独自一人。

当她想到我想着
她栽倒,仿佛被射中。
她说,"我只有一个翅膀,"
"另一个已经完蛋,"

"我被弄残;不能飞;
差点儿死掉。"
灵魂在我
很像碗的手上尖叫。

当我盛怒,当我恸哭,
我失去理智,
那脆弱的东西
又长出一个新翅膀,

起舞,在午夜,
在炽热的灰扑扑的石头上,
在我最后一个灿烂午夜
的静止的位置。

正确的事情

让别人去刺探神秘事物如果他们有本事。
时光折磨的"将要"和"想要"的囚徒——
唯有快乐的人做正确的事情。

鸟儿飞走,鸟儿飞回;
山丘变河谷,寂静无声;
让别人去钻研那种神秘如果他们有本事。

上帝赐福根源——灵肉同一!
小变大,大变小;
唯有快乐的人做正确的事情。

黑夜的孩子,他能跃过太阳,
他的存在是个别,那个的存在是万有:
唯有快乐的人做正确的事情。

或许他静静地坐着,一个坚实的形象
这时自我毁灭撼动劣质的墙;
他能让自己沉湎于神秘事物,

在萎靡不振的夜出场时赞颂变化,
欲求他所欲求,交出他的欲望
直到神秘不再神秘:而他再也不能。
唯有快乐的人做正确的事情。

再一次,跳起圆舞

哪个更美妙?水晶还是池塘?
谁能名闻遐迩?默默无闻者。
我真正的自我奔向一座小山
更多!哦,更多!清晰可见。

如今我最喜欢我那
与鸟儿,与不朽的树叶,
与游鱼,与搜寻的蜗牛,
还有改变一切的看相伴的生命;
我与威廉·布莱克共舞
为了热爱,为了热爱;

万物归一,
当我们舞着,舞着,舞着。

(以上12首选自"组诗,有时是玄学的")

生前未结集诗作
(*1964*)

水疗时的冥想

一天六小时我躺在浴缸中
但不会浸没在水里。

冰罩压在僵硬的脖颈上
有利于保养我要害部位。

一缸水,烫得像我的血,
重整我的真与善。

泡进原始要素
肉体愿意忏悔。

我没笑,也没哭;
我用一身汗消灭死的冲动。

我的过去从排水管流走;
很快我又会成为我自己。

怪胎

1

警惕的姑娘,她转身,
靠那比蹄子还硬的大腿——
被何物提醒?
某种古代生灵阴暗的心
在她体内;
她选择窃窃低语。
她想象空气的工作!——
当她步入夏日,
哦,最明显。
她侧着身子沐浴光芒,享受生活,
她超凡的感官单纯得像石头。
修长的身体最可爱:我爱修长的身体。

2

可怜的人需要他的可怜相。是的。但这身影
将我摇醒。嗨,旷野是我的朋友,
仙客来的叶片闪光如小海龟的脊背。

长久的凝望让我恢复柔情；

我是一个有点儿狂暴的苏格拉底。

波浪和鱼儿一同弯曲。当流水教导石头

我也受到告诫。相信我，最狂热的黄鹂，

我能在干旱的日子听到光。

世界就在我们抛弃它的地方；我正离开现在停留的地方。

你们从早到晚的云雀，你们正常的旅鸫，

你们这些鸟儿，

留意这个人！

我的台词必定是：

我将歌唱比风更遥远的

崇高智慧的生灵和月亮的盈亏。

3

灵魂的欢畅多悲哀。心肝！我还能对你，

神秘得像石头，宁静的野草莓树，说什么？

一棵树的内心是怎样的？

我无法掩藏这爱挑剔的狗一样的可悲境遇的核心。

我为最好的自己歌唱，

这时石缝与大海一同膨胀，

阳光射在蜥蜴咽喉，射在它半藏在阴影里的尾巴上。

是留给狗和猫的美餐吗？

这可不是闹着玩的。

通道里可爱的麻雀,

在这个范围里我是一根茎干。

多自由!独一无二!

凭借最强的光,

凭借活着的万物,

我慢慢赢得生命。

 苹果!留神!

 她来了!

 是要带来百合?

 是要将鸟儿

 带给湿漉漉的空气?

 你们鱼儿,多情点儿。

 小东西!小东西!

 我听见它们歌唱!

 潜到最深处,

 偏离方向的鸟儿,

 藤蔓迂回生长;

 她散发落叶松的甜味,

 指甲比贝壳亮,

 她来是要穿过一朵云!

 是要穿过一朵云。

 一朵云。

蠢亚当

1

给我解答吧欧里庇得斯,
或某个记得它是什么
因而得意扬扬的老蠢货。
我发誓,万物对我说话;
但为何我在这儿抱怨,
即便还没窒息?

2

节杖和皇冠算什么?
没有什么比光秃秃
的茎梗举起的更多:
玫瑰扑向这位姑娘;
尘世在她的血液里;
荆棘在风中长得好,
与川流不息的万物一起,自由自在。

3

我与皱缩的根说话;
哦,见我盯着自己的脚
一只脚站在永恒里,
她笑得多厉害;
而当那根答复我,
她赤身裸体,颤抖,
把脸转过去。

4

这死亡的父与子,
灵魂夜复一夜死去;
在这辽阔洁白、著名地域
的平常日子里,
怎样的鹰需要一棵树?
肉体发明了一个梦;
真正的躯体都是独自歌唱。

5

波塞冬只是一匹马,
嘲笑一个驼背的哼哼的大师,
他闹着玩儿地管这么多,
他整夜疾驰,乘着大海的
泡沫归来,
到达海岸,
再次大笑。

不毛之地

一种硬石,
它有无法确定的灿烂,
闪耀玄武岩和云母的光芒,
还有渡鸦的光泽。

光的峭壁之间,
我们孩子般迷路,
碰都没碰切割起来像剃刀的
粗糙的页岩,

因为一座金色的山
如巨型灯塔般诱人,
在巨变里变,
始终不会更远。

所以我们心怀
希望行进,不孤单,
在我们自己的地方,
在出产亮石的地方。

萨吉诺之歌

在萨吉诺,在萨吉诺,
大风吹得你站不稳,
女子协会管饭,
盘子里都有豆子,
要是吃过了量,
你就等着完蛋。

出铁杉路到小溪
有人叫它天鹅湾;
海龟被水蛭咬伤,
脏脚长出了苔藓;
迁徙的野鸭飞走
水底已不再清澈。

在萨吉诺,在萨吉诺,
酒吧侍者不会看不起人;
要是你举止不当他们
会有办法暗示你:
穿过平板玻璃大堂将你撂倒,
然后把账单扔到你跟前。

莫利家和巴罗家
是这儿的贵族;
他们眼中的漂亮玩意儿不会
比你我所爱的东西更糟,——
你不会在要撒尿时
竖一扇观景窗那样的东西。

在萨吉诺,在萨吉诺,
我去主日学校,
只学会一件事——
它叫黄金法则[1],——
足矣,对任何不是
大傻瓜的人来说。

我骑车去拿预备会员卡;
我靠阅读摆脱困境,
吝啬的会员签名的时候
他们全都一副吝啬模样,——
最大的捐助来自
小镇最大的骗子。

在萨吉诺,在萨吉诺,
没有哪户人家放屁,

要是有人放屁,
地方就会分裂,——
我碰到个会放屁的女人,
如今她成了我爱人。

哦,我是世上的天才,——
你可以确信的天才,
但是哎呀,啊呀,
更多时候我是醉醺醺的粗汉;
但是等我死了——不会太久——
我会与汤姆·摩尔,与那可爱的人,
汤姆·摩尔,一同唱诵。

尾声:
我爸从来不用手杖,
他用手抽我;
他是彻头彻尾的普鲁士人
知道如何发号施令
他在我们家大温室里走来走去,
每天我都跟在他身后一路小跑。

我看到云中一个身影,
怀里抱着一个孩子,
哦,那是,哦,是我妈,

她身子半裸,

哦,所有女人都很美,

当她们身子半裸。

1　golden rule,有时作 G-R-(罗特克在这首诗里拼写为 Golden Rhule,可能和这一节第二行主日学校写成 Shunday Shule 一样,用的是萨吉诺地方口音),指的是《圣经》中所说的"你想人家怎样待你,你也要怎样待人"这一为人准则。

二重唱

她： 哦，在你年轻的时候，你真是自大：

现在你直奔金钱，笑话，笑话，笑话；

一头两条腿的猪啊，你变得那么可怕，

合唱：——顾不上索伦·克尔凯郭尔。

他： 我要对付一切，还有**神圣的荒诞**：

你是副词，我是动词，

我会极度蔑视，不受控制，

合唱：——合上克尔凯郭尔那一章。

她： 我们将离开可怕的**非此即彼**

必选其一的海岸去远航

去往天真无邪者伸懒腰打呼噜的土地

合唱：——想都不想克尔凯郭尔。

她： 我是住棚屋的爱尔兰

他： ——我是小便处的法国佬？

她： 我是咆哮的姑娘，奢华的荡妇，

合唱：起码我们知道人不需要畏缩

——心怀**恐惧和战栗**，亲爱的克尔凯郭尔。

她： 我是禅宗高手,我要咬你拇指,

 我要在你肚皮上跳,我要把你踢得砰砰响

 直到你来到**天国的土地**

合唱：——远远的地方,哦,**远远的**!亲爱的克尔凯郭尔。

他： 我的壶,我的蜜,我的酒罐,

她： 我的前存在主义的亲密爱人,

合唱：**焦虑夫人**会逼得更近

 我们会给对方一记耳光,

 ——向克尔凯郭尔神父致敬。

与林赛[1]共进晚餐
　（1962）

我只经营智慧,不理睬干燥的欲望。
命运!命运!那是我在囚笼中关切而傻瓜
不闻不问的事情,当精灵们,迷失远方
的精灵们苏醒,慢慢来到窗台上,
看,月亮!——
它在屋里,在他腋下,迈着舞步,——
我是说林赛:两个月亮,实际上三个,
我想我的脸正好跟他的一样圆,
他的脸算一个,一共三个。
"什么月亮?"他大叫,假装愤怒。

接着它开始四溢:
犹如有人敲了一下大奶罐,奶油溢出来,
骤然降临的光地板上四溢,在我们身旁,
在椅子横档下边起泡沫,流向地窖的门。

"我们吃吧!"林赛说,"我们有了月亮,
有了生机盎然的月光,问题是吃的在哪儿?"

"当然啦,我们总在吃,"我说,"够多!也许太多。"[2]

——"那东西意味着布莱克?"

      当林赛在变幻的光线中
低下歪着的脑袋,
鼻子看着比从前大,
一只眼斜视着。"啊,布莱克,他死啦,——
但我想起来了,他们也是这么说我的。"

他说话的时候,一个蜘蛛般的身影从摇摇
晃晃的灯绳上跌下去,跌到一半又爬回去。

"根本不是布莱克,"林赛说,"他应该是虫子,
那些曲里拐弯爬遍玫瑰花瓣的肥虫中的一只。
也许它是惠特曼的蜘蛛,不好说,
我们还是趁月光还在吃晚餐吧。"

于是我们坐下吃晚餐,
吃什么完全不记得了:
玉米面包和牛奶,冰激凌,更多冰激凌,
餐后又吃凉烤肉,喝咖啡——
我只记得冰激凌。

过了一会儿月光开始暗淡,
点着的煤油般闪烁不定,在我们腿边

忽明忽灭。"我好像该走了,"——
林赛把自己从我那把旧椅子上拽起来。
"蜘蛛走啦,"他迷迷糊糊。

"谁把我叫作不孕学院派诗人?
我们需要一种混合了布莱克和我,英雄
和熊和哲学家的繁殖——
约翰·兰塞姆[3]该加入,还有勒内·夏尔[4];
你知道吗,保罗·班扬[5]有俄国血统,——
我们一直在抵达,越来越近。"

我带他穿过烤肉架,领他出门
经过桤树巷,我们在那儿聊了会儿。
他跟我握手。"告诉威廉斯还有弗罗斯特,
我来过。也许他们还记得我。"

说完,他扯扯裤子,飞快地离开了。

1　Vachel Lindsay(1879—1931),美国诗人,作品有《威廉·布思将军进天堂》《刚果河及其他》《中国夜莺及其他》等。
2　"够多!也许太多",威廉·布莱克作品《天堂与地狱的婚姻》第三章"地狱的箴言"最后一行。
3　John Crowe Ransom(1888—1974),美国文学理论家、诗人,

与艾伦·泰特创办并合编《流亡者》杂志，1937—1959年任《肯庸评论》主编。美国二十世纪四十年代盛行一时的新批评派就是从他的《新批评》一书得名。

4 René Char（1907—1988），法国诗人。罗特克曾在华盛顿大学课堂上给学生讲解勒内·夏尔时痛哭。他钦佩勒内·夏尔的勇气，将他视为精神上的兄长。

5 Paul Bunyan，美国民间故事中的伐木巨人，后成为美国巨大与力量的象征，并用作木材公司广告形象。

译后记

第一次翻译西奥多·罗特克的诗歌是三十年前，在乌鲁木齐。初译了他的《我爸爸的华尔兹》《写给约翰·戴维斯爵士的四首诗》《我认识一个女人》《蛇》和《我能对我的肉身说什么》。我在每一首译诗下边注明了翻译的日期，所以可以确定最早的几首试译是在1990年1月15日至18日。那时我正在零零星星、时断时续地翻译美国和英国现代诗歌，这项工作是我在大学时代就开始的英美诗歌翻译这一爱好的非常自然的延续（一直延续到今天！），这些无人指点的译作没有发表的地方，更没有出版的可能。

1992年冬，我翻译的一组美国现代诗歌发在由我和徐庄等朋友创办的民刊《大鸟》第2期上——莱维托夫的《多么荒凉的拂晓》、金奈尔的《摩纳德诺克山上花团锦簇》、阿胥伯利（阿什贝利）的《我们的青春》和罗特克的《我能对我的肉身说什么》（当时的标题是"对自己的骸骨我能说什么"）。罗特克的这首尽管理解和翻译都有问题，但恰恰是这首在"定稿"后给我留下了深刻印象，决定了以后我会翻译更多的罗特克诗歌。

1994年，或1995年，诗人黄灿然从香港来广州，送我一册原版《罗特克诗选》复印件——他好像见过那期《大鸟》，知道我翻译过罗特克。这是我拥有的第一部原版《罗特克诗选》(多年后我在亚马逊买到了两部原版《罗特克诗选》)。1995年11月13日和14日,初译了《屋门大敞》中的《淡季》《中部大风》《赞美大草原》《寒气降临》《苍鹭》《没有鸟儿》《未熄之火》《"野草万岁"》《起源》和《大祸临头》(《寂静》有点难,译了一半,另一半什么时候补译的,没注明日期),以及《说给风听》中的《回忆》《天鹅》《"闪光的邪恶"》和《歌》。1996年6月7日至22日,初译了《屋门大敞》中的《夜间旅行》和《迷失的儿子及其他诗歌》《赞颂到底!》中的大部分作品。同样因为发表和出版遥遥无期,又搁下,不去管它了。

2001年,作家、出版人楚尘的大工程"20世纪世界诗歌译丛"启动,将我的六部译诗集列入出版计划,其中就有《罗特克诗选》。2002年9月25日至10月12日,补译了《醒来》中的《天神下凡》《老妇人冬日絮语》和《说给风听》中的大部分作品,《我在!羔羊说》《遥远的旷野》中的很多作品(《北美组诗》一共六首,只译了第一首《渴望》),《生前未结集诗作》中的《怪胎》和《二重唱》,还有《屋门大敞》中的十几首。长诗《迷失的儿子》是最后译的。

2003年4月26日完成《罗特克诗选》一校。现在看来,这部译稿当时未能出版实属侥幸,因为在之前完成的一校中,还有不少问题没能解决。

楚尘的宏伟工程做到一半,未能进行下去。《罗特克诗选》这一停,又是十多年。

2016年初,译了《北美组诗》的另外五首和其他一些作品。2019年初，译了《生前未结集诗作》中的五首。

从2002年到现在交稿，其间有过数次对难度较大的作品字斟句酌的修订。2019年9月，貌似可以竣工了，突然意识到——还不到定稿的时候，还有存疑，不解决肯定遗憾。于是我将那些问题列出来，交给我信任的诗人和翻译家阿九——阿九是皇皇千页评注版《菲利普·拉金诗全集》的译者，我和他从未谋面，但很多年前就知道他的大名，他的诗歌和他的译诗我都喜欢。他以深厚的学识和闪电的速度解决了这些问题，解除了最让我焦虑的那部分担忧。

肯定还有隐藏的问题尚未解决，尤其是《赞颂到底！》这一辑，难度最大。错谬之处，希望将来有机会订正。

感谢雅众文化和方雨辰女士推出这部译诗集。

感谢特约编辑王文洁和符蕴馨为这本书投入了时间和精力。

感谢黄灿然，没有他赠送的那一册英文版《罗特克诗选》，我不会那么早开始大量翻译罗特克诗歌。定稿前，想以他翻译的那组罗特克诗歌作为重要参考，但直到交稿前最后一刻，都没能从我满坑满谷的藏书里找到刊发那组作品的那期《声音》。

感谢楚尘，没有他的"20世纪世界诗歌译丛"，很可能这部译稿的一部分直到现在还停留在"初译"状态。

感谢阿九，没有他出手相助，这部诗集的出版还要拖延下去。

感谢诗人梁晓明，是他帮我联系到阿九。

感谢诗人昆鸟和江汀介绍我认识小说家陆源。

感谢陆源,是他说服漓江出版社一次接受我三部书稿——《罗特克诗选》《佩索阿诗选》增订版和我自己的诗集《给你的信》,尽管最后只出了《给你的信》,但如果没有漓江的合同,《罗特克诗选》的定稿肯定会大大延后。

感谢好朋友李黎,她在美国帮我买到了英文版《罗特克书信选》,译序里的一些重要细节来自这本书。

感谢诗人多多,他对《罗特克诗选》的期待是我完成这部译稿的一大推动力。

感谢文学期刊《文景》《诗建设》《诗江南》《中西诗歌》《广州文艺》和微信公众号"灰光灯"发表我翻译的罗特克诗歌。感谢《山花》杂志用了那么多版面发表我的译序。

感谢专门为这部译诗集绘制罗特克油画肖像和插画的青年艺术家郑龙一海。遗憾的是,由于"雅众诗丛·国外卷"以人像摄影为封面的特定体例,他的劳作这次无法在诗集中体现。

译序里有这样一句话——"这是一位既未被时代洪流裹挟也无视占压倒优势的诗歌美学的诗人。当时正值第二次世界大战,他的诗歌完全不为所动……"。目前正值新冠肺炎横扫全球、世界秩序剧烈震荡之际,中国文化艺术在国际潮流的裹挟中奋战四十年,尘埃尚未落定,气象有待确认,置身其中的中国诗人该如何发出自己的声音?谁能真正做到不为任何外力所动?

杨子

2020.8.7

图书在版编目(CIP)数据

光芒深处的光:西奥多·罗特克诗选/(美)西奥多·罗特克著;杨子译.—北京:北京联合出版公司,2022.9
ISBN 978-7-5596-6320-7

Ⅰ.①光… Ⅱ.①西…②杨… Ⅲ.①诗集—美国—现代 Ⅳ.①I712.25

中国版本图书馆CIP数据核字(2022)第163948号

光芒深处的光:西奥多·罗特克诗选

作　　者:[美]西奥多·罗特克
译　　者:杨　子
策划机构:雅众文化
策 划 人:方雨辰
出 品 人:赵红仕
特约编辑:简　雅　王文洁
责任编辑:龚　将
装帧设计:PAY2PLAY

北京联合出版公司出版
(北京市西城区德外大街83号楼9层　100088)
北京联合天畅文化传播公司发行
山东临沂新华印刷物流集团有限责任公司印刷　新华书店经销
字数160千字　1092毫米×860毫米　1/32　12.5印张
2022年9月第1版　2022年9月第1次印刷
ISBN 978-7-5596-6320-7
定价:78.00元

版权所有,侵权必究
未经许可,不得以任何方式复制或抄袭本书部分或全部内容
本书若有质量问题,请与本公司图书销售中心联系调换。电话:64258472-800